愛され王子の異世界ほのぼの生活

Aisareoji no isekai honobono seikatsu

顔良し 才能あり 王族生まれ ガチャで全部そろって異世界へ

5

霜月雹花

Hyouka Shimotsuki

主な登場人物
Charactars
アリス
アキトの婚約者。優しい性格で、アキトが大好き。
クロガネ
アキトが従魔にした黒いオーガ。温厚な性格。
アキト
本作の主人公。転生ガチャで大当たりを引き当て、チート王子様として生を受けた。憧れのスローライフを送るために奮闘する。
ライム
モンスターのスライム。好きな場所はアキトの頭の上。

リオン
孫のアキトが大好きな
お祖父さん。王国に
名を轟《とどろ》かす最強の
魔導士でもある。
アリウス
アキトのお父さんで、
現国王。アキトや
リオンに振り回される
苦労人。
レオン
アキトの配下の中で、
最高クラスの
戦闘力を持つ
魔法騎士。

第1話　二年の月日

二年前、俺——アキトと爺《じい》ちゃんとの因縁《いんねん》の戦い、俺の奴隷《どれい》であるレオンと竜王《りゅうおう》との戦い等が終わった。

そんなわけで一旦《いったん》落ち着いた俺は、俺の領地であるクローウェン領の運営に本腰を入れる事にした。

そうして、レベル上げやらダンジョン探索なんて楽しい事を我慢して、この二年間、領地経営に本気で取り組んできたわけなんだが……

◇　◇　◇

「ご主人様、今日もお疲れ様」

「ああ、ありがとな、クロネ」

俺が領地経営に本腰を入れると、今まで俺の冒険についてきていた者達もまた領地経営の方に回る事になった。

一部そうではない者もいたが、大半の者は領地の問題解決案だったり改善案だったりを出し合ってくれている。

なお、その中にはクロネもおり、今では俺の秘書として活躍していた。

「ご主人様も流石《さすが》に二年もこんな事してるから、最初に比べたら大分《だいぶ》慣れてきたわよね」

「まあな。父さん達の手伝いをしていて良かったって、領地経営を本格的に始めてから、感じたな。あんな書類の束《たば》を毎日見るの、初めてだったら俺は逃げ出していたよ」

「この領地は人が多いから、その分書類仕事が増してるんでしょうね。王都と比較しても、こっちの方が人口が多いものね」

二年前の時点で、ここクローウェン領は観光地として大陸中に名を轟《とどろ》かせていた。

だが、現在は更に多くの人が来ている。

中にはそのまま住む者もおり、一月《ひとつき》で人口が一・五倍に増えた月もある。

「『ジルニア国の王都から人が少なくなって悲しい』って兄さんから言われた時は、本当にどういう顔をすればいいかわからなかったよ」

今は何とか、王都に人の流れができる仕組みを作ったので、向こうにも人が流れている。そのおかげでここ最近は、兄さんと父さんの顔色をうかがう事もなくなった。

「そういえば最近、お前の夫のレオンの姿を見てないが、もしかしてまたレベル上げに行ってるのか？」

「そうみたいよ。でも今回はレオン主導じゃなくて、娘のレオーネが、レオンに頼み込んで迷宮探索に行ったのよね」

「レオーネがか？　珍しいな」

「ご主人様が活躍し出した時の年齢を聞いて、『自分も強くなりたい』って言い出したのよね～」

クロネはそう言うと、責めるように俺の方をジーッと見てきた。

「別に俺は悪くないだろ？　その話をした奴が悪い」

「別に悪いとは言ってないわよ。小さな子供がご主人様に憧《あこが》れて、冒険者を目指してしまうって話はよく聞くな～って思っただけよ」

その言葉に俺は溜息《ためいき》を吐《つ》き、天井《てんじょう》を見上げた。

俺の活躍した出来事は、今では物語として語られている。

そのせいか……若い冒険者はこれまでもいたが、レオーネのような、若すぎる冒険者志望の子供達も現れるようになった。

流石に、小さな子供達が危険な冒険者を志《こころざ》してしまうのは国の問題であるとして、俺は暫《しばら》く実家である王城に戻り、対策を考えるために何日も頭を抱えたのだったが……

「ううっ。思い出したらまた吐き気が……」

「小さな子供達が冒険者になりたがるのが問題になってた当時、ご主人様が帰ってきた時、見た事ないくらいやつれていたから相当きつかったって事はわかったわ」

「俺の人生の中の『死にそうになったランキング』で、トップ3には入るくらいにきつかった」

あの時は、初めて机の上で気絶した。

本当に極限状態で、アリスからはずっと心配されていた。

「それにしても、レオーネも遂《つい》に迷宮探索に行き始めたか。お前とレオンの子供だから、能力的には問題ないだろうが……」

「どう成長するかが心配なんでしょ？　大丈夫よ。レオーネは近くでご主人様を見てきたからか、『そこまで派手な動きはしない』って言ってたわよ。私みたいな『裏で仕事をする人間を目指す』とも言ってたわ」

「裏の仕事って……まあ、その才能もあるだろうけど、レオーネには普通に暮らしてほしいところだな」

「私としてはどちらでも構わないわ。暗殺者の道に進んだとしても、それはそれで私の娘として私の培《つちか》った力を継がせるわ」

まあ、確かに元暗殺者であるクロネからしたら、娘がその道に進んだとしても特に止めず、逆にそっちの道を勧めそうだ。

「俺としてはレオーネには、普通に育ってほしい気持ちではあるんだけどな……」

「先の事はわからないわね」

クロネはそう言うと、「今日の仕事は終わったので」と部屋から出ていった。

俺も、仕事の片付けをしてから仕事部屋を出た。

それから俺は、仕事で頭を使いすぎたせいで糖分が欲しくなり、食堂に顔を出してお菓子を出してもらった。

そこにいた奴隷が話しかけてくる。

「ご主人様、そういえばまたクロガネさんの噂《うわさ》が流れてましたよ」

「……またか」

クロガネは二年前、修業の旅に出てから一度も帰ってきていない。

噂が流れてきたり、本人から連絡が入ってきたりするので、別に心配はしていない。

しかし、ここ最近はクロガネの噂がよく出回ってるみたいで、もしかしたらこっちに戻ってきているのかもしれない。

「クロガネさん、二年前の時点で相当強かったですけど、どのくらい強くなって帰ってくるのか楽しみですね」

「そうだな。まあでも、あいつが帰ってきたらまた周りが騒がしくなりそうだな……あいつの相手をするのもたまにならいいけど、それが続くと、現状だと俺が倒れそうだな」

そう言うと、話していた奴隷は「ご主人様が倒れないように、俺達頑張ります！」と言ってくれた。

その後、食堂で糖分補給を終えた俺は、婚約者のアリスのいる部屋に向かった。

◇　◇　◇

「あっ、アキト君。お仕事終わったの？」

「うん。さっき終わったよ」

アリスはライムを頭の上に乗せて編み物をしていた。

二年前までライムの世話は奴隷達に任せていたが、ここ最近はアリスが面倒を見ている。

本来、主《あるじ》である俺が見るべきなのだが、仕事で忙しくて面倒を見きれない。しかし、ライムもライムで俺と離れたくないため、互いに譲《ゆず》り合った結果が、アリスが面倒を見るという今の形となっている。

「ライムもアリスの護衛、お疲れ様」

「～」

俺の言葉に対して、ライムは嬉しそうに横にプルプルと震《ふる》えた。

それから俺はアリスの隣に座り、アリスの編み物が終わるまで本を読む事にした。


「アキト君、終わったよ～」

「んっ？　あれ、俺いつの間にか寝てたのか？」

「本を読み始めて三分もしないうちに寝ちゃってたよ。相当疲れてたんだね」

「マジか……」

アリスの声で目を開けた俺は、寝ていた事実に驚く。

それから枕にしていたアリスの膝《ひざ》から顔を上げ、ソファーに座り直した。

「ごめんな。膝、大丈夫か？」

「大丈夫だよ。それより本当に疲れてるならちゃんと寝た方が良いよ？　お出かけするって約束だったけど、別に今日じゃなくても大丈夫だよ」

「いや、約束は約束だから行くよ。それに、少し寝て、体力も回復したから大丈夫」

心配するアリスにそう言って、俺はアリスを連れて街の方へと転移で移動した。


今日は、前からアリスと約束をしていたお出かけをする日だ。そのため、いつもより早く仕事を切り上げたのだった。

まあ、切り上げるために頑張りすぎて、アリスに心配をかけさせたのは失態《しったい》だ。

「さてと。久しぶりのデートだから楽しもうか」

「うん！」

「～」

「……って、ライムもついてきたか」

アリスの頭の上で、楽しそうにプルプル震えるライムが目に入る。

「ライムちゃん、最近、私の頭の上が定位置になってて、いるのに気づかなかったよ。どうする？　一度お家に連れて帰る？」

「ん～……まあ、領内の街だし大丈夫だろう。大人しくしてるんだぞ？」

「～」

俺の言葉にライムは返事をするかのように体を震わせた。

それから俺達は、街中を歩き始めた。


「あっ、ご主人様！　それにアリス様も、今日はデートですか？」

街中を歩いていると、巡回中のジルと遭遇した。

自警団のリーダーとして彼もまた、レオンやクロガネと揃《そろ》って成長を続けている。師であるサジュさんが二年前にこの街に越してきてから、休みの日もサジュさんに稽古《けいこ》をつけてもらっているらしい。

多分剣術だけでいえば、ジルニア国のトップ5には入る実力を持っているだろうな。

「そうだよ。ジルは見回りか？」

「はい。最近また人が増え始めたので、見回りの頻度を増やしているんです」

「そうか、頑張ってくれよ。街の安全はお前に任せてるからな」

「はい！」

ジルは俺の言葉に元気良く返事をすると、「お邪魔《じゃま》しては悪いので」と言ってすぐに去っていった。

「……ジルの奴、また暫く見ないうちに大きくなってたな。あいつ、どこまで背を伸ばすんだ？」

俺はボソッと呟《つぶや》いた。

二年前の時点でもそれなりの身長があったジルだが、二年経って180センチを超え、更に数センチ伸びたようだった。

「本当に大きいよね。たまに噂で聞くけど、ジル君のファンもいるらしいよ？」

「背が高いし、顔もそこそこ良いからな。それに、自警団のリーダーという役職もある。まあ、モテるのもわかるな……はぁ、俺も早く身長伸びないかな」

身長……俺はこれに関してずっと悩んでいた。

というのも、二年前から、俺の身長というか、俺の体は成長していないのだ。

その一方で、周りだけが成長しているので俺は不安を感じている。

最近だと、アリスとも身長がほぼ同じになってるし。

「でも、アキト君のお爺さんのリオンさんは、アキト君ももうすぐしたら成長するって言ってたし大丈夫だよ。それにほら、お兄さんのエリクさんと、お姉さんのアミリスさんも一時期成長が止まってたけど、今じゃ凄く成長してるし」

「そうだと良いんだけどな……」

アリスが言うように、同じ親を持つ兄さん、姉さんも一時期成長が止まっていたが、今では二人とも立派に成長して、大人の美男美女となっている。

だから俺も大丈夫だと思いたいが……

二人が成長し出した歳は、もう過ぎてるんだよな……

そう考えて俺は再び不安になったが、今はアリスとのデートの途中だからな。

嫌な考えを振り払う。

その後、少しお腹《なか》が空《す》いたという事で、行きつけの定食屋に入って、飯《めし》を食べる事にしたのだった。


「やっぱり、ここの料理は美味《おい》しいな」

料理を食べ終えた俺は、久しぶりにこの店の料理を食べれて満足げにそう言うと、アリスも「本当に美味しいよね」と言った。

ここは庶民的な店で、値段もそこまで高くなく、俺の領地の中でもかなり人気がある。

領主御用達《ごようたし》という宣伝も相まって、連日行列ができる人気店なのだ。

一応俺は領主特権というか、この店のオーナーが俺の奴隷という事もあるので、専用の場所を用意されている。更には、いつでも好きな時に食べに来られる状態となっている。

「それにしても、本当に俺の奴隷達はこの二年で更に成長したな……」

「アキト君の奴隷の人達、凄く頼もしい人達ばかりだよね」

「ああ、レオンやクロネだけが昔は目立ってたが、今じゃ色んな分野の人材がいるからな。色んな所で、俺の奴隷の名前を耳にするよ」

二年前までは、俺の奴隷の中で有名な奴といえば、レオンかクロネ、それにジルくらいだった。しかし今では、各分野に俺の奴隷達はいて、その多くが功績を残している。

中でも、転生者組の奴隷達の活躍は凄い。

料理人の転生者であるドルグは、他国にいくつも出店する料理店のオーナーをしている。ネモラは、溢《あふ》れる製作意欲を止める事なく、数多くの魔道具を作っている。

こうした転生者組のおかげで俺は、異世界に来ているのに、前世の地球のような暮らしをできているのだ。

そこで、ふと思い出した俺は話題を変える。

「そうだ。そろそろクロガネが戻ってきそうだから、盛大に出迎えてやろうと思うんだ。で、何かプレゼントを渡そうと思うんだけど……何か案とかある？」

「クロガネ君が戻ってくるの？　ん～、クロガネ君の好きな物とかわからないけど。一番喜びそうなのって、アキト君と戦う事じゃないかな？」

「いや、まあそうかもしれないけど……」

「アキト君も最近は運動全然してないって言ってたし、丁度《ちょうど》いいからこの機会にまたレベル上げとかしてみたら？」

アリスのその言葉に俺は少しだけ考え、ある不安について口にした。

「クロガネとの戦いのために俺がまたそうやって動くと……今は大人しくしてる爺ちゃんやレオンが、『戦おう戦おう』って煩《うるさ》くなりそうなんだよな……」

「あ～、それはあるかもね。今でもたまにリオンさんが家に来て、アキト君を誘おうとしてるよね」

「ああ、あの誘いに乗ったが最後……なんだよな。また俺は、最強の魔法使いに、最強の竜王にと、戦いを申し込まれる日々に逆戻りだよ」

そう言いながら俺は、ブルッと震えてしまった。

アリスは話題を変えるように、「でも、クロガネ君が喜びそうな事って他にあるかな？」と言った。

「……それが思いつかないんだよな」

「まあ、もう少し考えてみようよ。まだ帰ってくるまでは時間があるんでしょ？」

「一応後で、影達《かげ》にクロガネの居場所について聞くつもりだよ」

そう言った後、俺達は定食屋を出た。

それからデートの続きをして、日が落ちかけた頃に家に戻ってきたのだった。

その後、アリスと別れた俺は影を呼び出し、クロガネの居場所について知っているか尋ねた。

「クロガネなら、今はジルニア国内にいますよ」

「って事は、マジで戻ってきてるのか」

「はい。本当はもう少し早めに帰る予定だったみたいですけど、道中でリオン様と会って暫く二人で行動してたみたいです」

「爺ちゃんと行動か……なるほど、それで最近爺ちゃん、家に来てなかったのか」

一週間前までは頻繁に来ていた爺ちゃんだったが、ここ数日は顔を出していない。なるほど、クロガネを見つけて、彼と遊んでいたのか。

「そうなると、高確率で一緒にこっちに来そうだな……マジでクロガネの出迎え、どうしよう」

影からの報告を聞いた後、俺は良い案が思いつかず、その日は悩みながら眠る事になった。

◇　◇　◇

そして翌日、仕事を始める前にクロネに、「クロガネへの出迎えとして何かプレゼントをしようと思うが、何が良いか」と聞いてみた。

「そりゃ勿論《もちろん》、ご主人様との対戦権利でしょうね。クロガネならそれが一番喜ぶと思うわね」

「お前もその考えか……」

アリスと同じ回答をしたクロネに対し、俺はガクッと肩を落とした。

その日は一日、仕事をしながらどんなプレゼントが良いか考え続けた。


そうして夕食の時間となり、仕事を終えてリビングに行くと、先にアリスが待っていた。

「アキト君、今日もお疲れ様」

「ありがとう。アリス」

そう言って俺はアリスの隣の席に座り、運ばれてきた夕食を食べ始めた。

「それで、クロガネ君のプレゼントは何か決まったの？」

「新しい武具とかで喜ぶかなって考えに至ったけど……結局一番喜ぶのは、俺との戦闘権利だろうな」

一応、クロガネへの帰還祝いは考えついた。

さっき言ったように「新しい武具でもやろうかな」という安易なものだ。

とはいえ、この二年で武具生産技術も上がり、以前よりも性能が高い武具を、俺の奴隷達は使っている。俺がクロガネに武具を渡したのは随分前だから、変えても良さそうだろうと考えたというわけである。

「まあ、それでもクロガネ君は喜ぶと思うし、それでいいんじゃない？」

「確かに、喜ぶ物を与えられるならこれでも良いけど、一番喜ぶ物をわかってて他をあげようとしてるのが、何だかちょっと自分の中で引っかかるんだよな……」

俺がそう言うと、アリスは「アキト君、実はクロガネ君と戦いたいとか思ってるんじゃないのかな？」と聞いてきた。

「俺の方がクロガネと？　……あ～、多分そうかもしれない」

アリスの言葉のおかげで、自分の中で何となく引っかかっていた気持ちがわかった。

自分では「嫌だ嫌だ」と言いつつも、俺は「この二年間修業に行っていたクロガネと戦いたい」と心のどこかで思っていたのだ。

「あ～、その気持ちが知れただけでもスッキリしたな。ありがとな、アリス」

「えへへ、アキト君と過ごして大分経つからね～。アキト君の、本心みたいなものもわかるようになったんだよ」

アリスはそう自慢げに言うと俺に、「それじゃあ、クロガネ君と戦うの？」と聞いてきた。

「ん～……まあ、周りに人がいない所を見つけられたらな。ひとまず新しい武具を渡して、人がいない所で戦おうかなって」

「その時はちゃんと私も呼んでね？　久しぶりにアキト君が戦ってる姿も見たいから」

「うん。わかってる。ちゃんとその時は連れていくよ」

そう言うと、アリスは嬉しそうな顔をして「楽しみにしてるね」と言った。
その後、夕食を食べ終えた俺は風呂に入り、寝室でアリスと一緒に寝たのだった。

◇　◇　◇

それから翌日、俺は仕事部屋ではなく、地下の訓練場に来ていた。
そこでまず、久しぶりにステータスを確認をした。

名　前：アキト・フォン・クローウェン
年　齢：12
種　族：クォーターエルフ
身　分：王族、公爵、クローウェン商会・商会長
性　別：男
属　性：全
レベル：326
筋　力：40754
魔　力：55079

敏《びん》捷《しょう》：38978
運：78
スキル：【鑑定：MAX】【剣術：MAX】【身体能力強化：MAX】
【気配察知：MAX】【全属性魔法：MAX】【魔法強化：MAX】
【無詠唱《むえいしょう》：MAX】【念力《ねんりき》：MAX】【魔力探知：MAX】
【瞑想《めいそう》：MAX】【威圧《いあつ》：MAX】【指揮：MAX】
【付与術：MAX】【偽装：MAX】【信仰心：MAX】
【錬金術：MAX】【調理：MAX】【手芸：MAX】
【使役術：MAX】【技能譲渡：MAX】【念話《ねんわ》：MAX】
【木材加工：MAX】【並列思考：MAX】【縮地《しゅくち》：MAX】
【予知：MAX】【咆哮《ほうこう》：MAX】【幻術：MAX】
【防御の構え：MAX】【精神耐性：MAX】【直感：MAX】
【忍耐力：MAX】【魔法耐性：MAX】【千里眼：MAX】
【限界突破：MAX】【棒術：MAX】【短剣術：MAX】
【槍術《そうじゅつ》：MAX】【大剣術：MAX】【鞭術《べんじゅつ》：MAX】
【魔法剣：MAX】【サーチ：MAX】【毒耐性：MAX】
【麻痺耐性：MAX】

固有能力：【超成長】【魔導《まどう》の才】【武道《ぶどう》の才】
【全言語】【図書館ＥＸ】【技能取得率上昇】
【原初魔法《げんしょまほう》】【心眼《しんがん》】【ゲート】
称　号：努力者　勉強家　従魔《じゅうま》使い
魔導士　戦士　信仰者
料理人　妖精の友　戦神
挑む者
加　護：フィーリアの加護　アルティメシスの加護　アルナの加護
ディーネルの加護　フィオルスの加護　ルリアナの加護
オルムの加護

この二年、修業から離れていたため成長はあまりない。

変わった点といえば、年齢が上がった事。そして、たまの息抜きで魔物を狩りに出かけてもいたので、数レベルだけ上がっていた事だ。

「クロガネのレベルに関しては、爺ちゃんと戦ってるだろうから、爺ちゃんと近いレベルまで上がってそうだな……」

あの爺ちゃん、俺の所に来ず、クロガネの相手をしているんだろう。

相当レベルを上げているのは予想できる。

「そうなると、すぐにでもレベル上げに行きたいところだが……今すぐに行ったとしても非効率だろうな。とりあえず体を動かして、クロガネとの戦いに向けて調整をしよう」

それから俺は、クロガネの帰還がはっきりするまでの間、仕事を始める前に軽く運動をするようにした。

日に日に俺は昔の感覚を取り戻していき、完全に感覚が戻った頃に、俺の所にとある知らせが入った。

その知らせとは——クロガネが戻ってきたという報告だった。

第2話　黒鬼《くろおに》の帰還

クロガネの帰還報告を受けた俺は、クロガネに家に来るように伝えてもらった。

それから十分ほどして、家にクロガネがやって来た。

約二年間、修業の旅に出かけていた彼は、その体つきからして変化していた。元の体も大きかったが、更に大きくなっていて、背には大剣を二つ背負っている。

「久しぶりだな、クロガネ……何か大きくなったか？」

「主と別れてから少し成長した。主の身長は変わってないな」

「何か、言葉も流暢《りゅうちょう》に喋《しゃべ》れるようになってるな……って、おい！　人が気にしてる事をサラッと言うなよ！」

クロガネが流暢に喋ってる事に驚いた俺は、俺の身長をからかってきたクロガネの言葉に反応が遅れた。

「旅の間、言葉を勉強して、喋れるようになった」

「へ～。まあ、クロガネは元は人間だし、喋れても不思議ではないか」

そう納得して、クロガネにどんな旅をしてきたのか聞く。

するとクロガネは「この大陸だけではなく、竜人国や獣人国まで旅をしていた」と教えてくれた。

「マジで行ったのか？　どうやって？」

「他の大陸までは泳ぎで行った。水中で戦闘訓練もできるから」

「いやいや、大陸間を泳ぐって、何、考えてるんだよ⁉」

俺は、クロガネが泳いで大陸を渡ったと知って驚き、そう反応した。

そんな俺に対してクロガネは、「飛んで移動できる主に驚かれても」と言ってきた。

「いや、まあそれはそうだけど……全く、この二年でお前も大概《たいがい》おかしくなって帰ってきたな。元々、おかしかったけど」

「一番おかしいのは主だけどな」

「口も達者《たっしゃ》になりやがって……」

俺はクロガネにそう言ったのだった。

◇　◇　◇

クロガネの帰還に合わせて招集をかけていた主要奴隷を連れて、俺はパーティー会場にやって来た。

「クロガネ。大きくなった！」

「クロガネさん、凄く強くなったみたいですね！　今度、手合わせお願いします！」

「クロガネ、久しぶりだな～」

パーティー会場には既に多くの部下達が集まっており、会場に来たクロガネを、皆は嬉しそうに出迎えた。

それから、クロガネの帰還を祝ったパーティーが始まる。

「クロガネ。これ、お前へのプレゼントだ」

そう言って俺は、この日のために用意させた大剣をクロガネに渡した。

二年前の体のサイズからクロガネは大きくなってるだろうなと予想はしていた。そんなわけで、大きく作るように頼んであったのだ。

実際にクロガネに渡してみると……体にピッタリ合っていた。

「いい剣だ。ありがとう、主」

大剣を手に持ったクロガネは、嬉しそうにお礼を口にした。

その後、俺以外からも大量にプレゼントをもらったクロガネは、嬉しそうな顔をして受け取っていた。

「ご主人様、結局、クロガネに渡すプレゼントは大剣だけなの？」

クロガネが皆からプレゼントを受け取ってる姿を見ていると、クロネからそんな事を聞かれた。

「いや、俺との対戦権利も後で渡すつもりだ。まあ、本人が戦いたいと思ってないなら、プレゼントは大剣だけになるがな」

「クロガネなら絶対に戦いたいって言いそうね。だって、さっきレオンにも『後で戦おう』と言ってたもの」

「レオンはもう申し込まれたのか」

「クロガネから誘われて、レオンも嬉しそうだったわね。ご主人様が相手してくれないから、レオンも色々と溜まっていたんでしょう」

クロガネが修業の旅に出かけていた一方で、レオンは基本的に仕事尽くめで、ずっと俺の近くにいたからな。

そのため、何度か対戦を申し込まれたが、俺はほぼ断っていた。

「レオンもあの面倒さがなければいいんだけどな……」

「仕方ないわよ。レオンは成長に貪欲《どんよく》なのよ。強敵と戦うのが成長に繋《つな》がる事をレオンは知ってるから、強者であるご主人様に試合を申し込み続けているのよ」

「まあ、それはわかるけど」

レオンの気持ちもわからなくもないため、彼が本気で申し込んできた時だけは、息抜き程度に相手をしてやっていた。

「でも、これからはクロガネがいるから、そっちにレオンは行きそうね。クロガネならいつでも相手してくれそうだし」

「そうだと嬉しいな……いや、俺の予想だと、二人して俺の所に来そうな予感がするけど」

「……否定はできないわね」

クロネは俺の言葉を聞き、「あの二人なら一緒になってご主人様の所に来るだろう……」と呟くのだった。

暫くして、ようやく人々から解放されたクロガネに話しかける。

「そういえば、クロガネ。ここに来る前に爺ちゃんと一緒にいたみたいだけど、その爺ちゃんはどっか行ったのか？」

「竜人国に行った。何か用事があるとか言ってた」

「竜人国に用事？」

爺ちゃんの事が気になって聞いたのだが、竜人国にいるのか。

「爺ちゃんが行くような用事っていうと……また竜王さんに戦いを申し込みに行ったのかな？　でも爺ちゃんが勝ち越したままだし、爺ちゃん側から行くのもおかしいよな？」

「何かの準備をすると言ってた。何の準備かまでは詳しく聞いてない」

そうクロガネから聞いた俺は、「爺ちゃんは自由に生きてる人で、何かあれば連絡が来るだろうから今は気にしないでおこう」と考えたのだった。

◇　◇　◇

パーティーの翌日。

俺は朝食を食べた後、クロガネを家に呼び出した。

「主、こんな朝早くに何だ？」

「実はお前へのプレゼントだけど、俺は悩んでたんだよ。実物を与えるだけでいいのかってな」

俺がそう言うと、クロガネは首を傾《かしげ》げた。

更に俺は言う。

「折角《せっかく》、俺の従魔が二年もの歳月を修業に費やしてきたのに、作ってもらったプレゼントだけ渡して終わりにするか悩んだって事さ。そこでだ。クロガネには、一部の者達が欲しがってる権利を与えようと思う」

「一部の者が欲しがってる……権利？」

「ああ。それは……俺と戦う権利だ。欲しくないか？」

クロガネは驚いた顔をして「主、それは本当か⁉」と聞いてきた。

「勿論、嘘を言う理由はないだろ？　いや、俺も実際悩んだぞ？　折角、周りが大人しくなってきたから、このまま誰とも戦わない平和な生活を満喫しようかなって、本気で思ってたんだからな。それでも、クロガネが帰ってきて、お前が喜ぶのは何か考えた時――やっぱり俺と戦う事かなってな」

俺がそう言うと、クロガネは嬉しそうな表情をした。

「まあ、別にこれは、俺がやりたいだけの気持ちだから。お前が嫌だって思うんなら、別に戦わなくてもいいぞ」

「戦う。主に、修業の成果をぶつけたいと思ってたから、絶対に戦う！」

クロガネはすぐに言い返してきた。

やっぱりこいつもレオン同様に、「俺と戦いたい」という気持ちが強いみたいだな。

「でも、主が戦う気になったなんて、レオン達は知ってるのか？」

「知らないぞ。というか、あいつらに知られたら一斉に来るだろうからな。だから、こうしてお前だけを朝早くに呼び出したんだろ？」

「……なるほど、俺は特別か」

「二年間修業してきたからな。どのくらい強くなってるのか、俺も気になってるよ」

俺はそう言ってから、「今から戦う場所に行くが、準備はできているか」と聞いた。

「いつでも戦う準備はできている。早くやろう」

「はいはい。わかったよ」

俺の気持ちが変わらないか心配しているのか、クロガネはズズッと顔を近づけながらそう言った。

俺はそんなクロガネに「とりあえず、落ち着け」と言って、彼の肩に手を置いて、俺が事前に用意した場所へと転移で移動したのだった。


「人の気配が感じられない……主、ここはどこなんだ？」

「無人島だ。魔帝国《まていこく》とジルニア国の間の島で、前に見つけていたんだよ。ここならよっぽどの事がない限りは人にバレないからな、全力で戦う事ができるぞ」

全力、と聞いたクロガネは、ワクワクと楽しそうな表情をして準備運動を始めた。

「……あっ、やべ！　クロガネ。悪い、アリスも連れてくる予定だったけど忘れてた。迎えに行ってくる」

俺はクロガネにそう言い、一旦家に戻ってきて、アリスに「今からクロガネと戦う」と伝えて、島にアリスを連れてきた。

「すまんな、クロガネ。アリスが俺とお前の戦いを見学したいって言ってたの、すっかり忘れてた」

「俺は戦えるなら、大丈夫だ」

クロガネがそう言ったので、俺はアリスに防御用の魔道具を渡して、俺も準備運動を始めた。

それから数分後、互いに準備を終えて戦おうと距離を取って武器を手に持ったところで――この島に何者かがやって来た魔力を感じ取った。

「……何でここがわかったんだよ。レオン」

何者かの魔力がレオンのものだと感じ取った俺は、魔力を感じた方へ顔を向けながら言った。

「アキトの魔力とクロガネの魔力が同時に消えたから何かしてるだろうと思って、後を追ってきたんだよ。一度目に消えた時は気づくのが遅れたが、アキトがアリスを迎えに行った時にまた気づいてな、こっそりついてきたんだよ」

クッソ、俺の失態のせいかよ。

……いや、これはレオンの実力を見誤った俺の落ち度だな。

この二年間、強くなったのはクロガネだけではない。仕事をしていたとはいえ、修業もしていたレオンもかなり強くなっている。

二年前の時点でも魔法の力は相当高い境地に達していたというのに、更にそこから技術を磨《みが》いたレオンは、今では爺ちゃんに並ぶ魔法使いと噂されている。

俺はレオンに言う。

「言っておくが、今回はクロガネの二年間の修業の成果を確認するために戦うだけであって、お前とは戦わないからな？」

「何でだよ。俺を避け続けたのは、仕事が忙しいからだろ？　クロガネと戦うんなら、時間があるって事だろ？　それにクロネからも、最近は仕事の方も大分落ち着いてきたって聞いてるんだからな？」

「チッ、余計な事を……」

レオンの言葉に俺が舌打ちをしていると、クロガネが「邪魔するな」とレオンに対して注意をした。

「戦い終わってから主と話せ。今は俺が戦うんだ」

「はいはい、順番は守るよ」

クロガネの言葉にレオンはそう言った。

それからクロガネは武器を構え、「早く始めよう」と口にする。

俺は溜息交じりに言う。

「レオンの事は後で考えるとして、今はお前との戦いに集中するか……この二年間、どれだけ強くなったのか確認させてもらうぞ、クロガネ！」

「必ず勝つ」

俺とクロガネは互いに武器を構え、戦いを始めた。

◇　◇　◇

戦いが始まって数分間、俺とクロガネは互いに一歩も譲らない攻防を続けた。

クロガネの戦闘スタイルは、二年前とは変わっており、大剣一つを使う戦い方だったのが、今は大剣二つを使う双剣スタイルに変わっている。

とはいえ、片手剣二つとは違う。大剣二つのクロガネの双剣スタイルは、普通の双剣とは力が圧倒的に違った。

「一撃一撃が本当に重たいな……」

クロガネが武器持ちだから、俺も武器を持って戦い始めたが……これなら武器を持たずに回避で何とかすれば良かったと後悔している。

「主、昔よりも動きにキレがある。訓練してたのか？」

「ほぼしてないぞ？　多分あれだな。俺の場合は急激なレベルアップを続けていたから、二年前の時点で、体と能力値が噛み合ってなかったんだ。二年間大人しく生活していたおかげで、体と能力値が噛み合ったんだと思うぞ」

「なるほど。なら、一番強い主と一番初めに戦えてるという事になるのか……嬉しいな！」

クロガネはそう言うと、更に力を上げて猛攻撃を仕掛けてきた。

こんなにも純粋な戦士タイプとの戦いは初めてに近いな。

俺は徐々に押され始める。

「流石、クロガネ。この二年で接近戦の戦い方を完全にマスターしたみたいだな」

「この魔物の体になって、強くなったのは良いけど、体の使い方を完全に理解できてなかった。だけど、この二年間で俺は自分の体の使い方を完全に理解した。今の俺は、竜王にだって力が届く筈《はず》だ」

クロガネは自信満々にそう言うと、両手の大剣を勢いよく振り下ろしてきた。

「アリスが見ている以上、俺だって負けたくはないな！」

俺はそう叫び、無数の魔法を同時に展開した。

この二年間で戦闘訓練こそしていなかったが、仕事の効率化のために【並列思考】を多用していた。そのおかげで、同時に魔法を放つ数が増えたのだ。

クロガネは俺の放った魔法の数に驚いていたが、大剣を上手く使い何とか全て回避する。

「主が化け物だと知っていたが、訓練してないのに、更に化け物力が上がってるとは思わなかった」

「仕事を頑張った副産物だよ。正直このスキルがなかったら、俺は今頃干乾《ひから》びてるかもしれないからな」

【並列思考】をゲットしていて本当に良かったと、俺は改めて感じた。

その後、無数の魔法を同時に放つ俺に対し、クロガネは大剣を上手く使って——という激しい攻防が続いた。

二年前のクロガネなら、既に体力の限界に達している筈だ。

しかし、修業のおかげか、未だに体力が余ってる様子。

「力に加えて、持久力も上げてきたんだな」

「体力がないと化け物どもには敵《かな》わないからな。むしろ力よりも体力の方をメインに修業していた」

戦いながらクロガネはそう言った。

その後、何やらクロガネの様子が徐々に変わり始めた。黒色の体に赤い線のような模様が現れ、頭の角《つの》の先っぽも赤に変色した。

「その姿はどうしたんだ？」

「数千体の魔物を倒した時、血を浴びすぎたせいか、【狂化《きょうか》】が変化して【血色狂化《けっしょく》】というのになった。力もスピードも今までよりも更に上がるスキルだ」

クロガネは言い終わると、一瞬にしてその場から消えて、俺の目の前に姿を現した。

その速度は、二年前に戦った竜王を超えている。

「グッ」

一瞬すぎて対応が遅れた俺は、初めてクロガネの攻撃を食らった。

その攻撃の重さに、俺は立ち眩《くら》みを覚える。頭がガンガン鳴り響いていた。

「主、もう終わりか？」

「……そんな筈がないだろ？　いい気になるなよ？」

クロガネの煽《あお》りに、完全に乗ってしまった俺。

怒りに任せて、魔力を大量にかき集める。

「クロガネ。今のお前なら、生き残れるだろ？　信じてるぞ」

俺はそう言うと、クロガネに向かって、更に数を倍に増やした魔法で攻撃をした。

その魔法の数に、見学しているアリスとレオンは驚いている。攻撃を仕掛けられたクロガネもまた驚いているだろうと、俺はその顔を見たのだが——

クロガネは笑みを浮かべていた。

俺は違和感を覚えた。

「【魔法吸収】」

「ッ!?」

クロガネは俺の魔法に対し【魔法吸収】のスキルを使った。

魔法が全てクロガネに集まっていき、吸収されていく。

「お前、今何をした?」

「見ての通り、魔法を食った。主の魔法は美味《おい》しかった。もっと魔法を撃ってきても良いぞ」

舌をペロリと出して、美味しかったというような顔をしたクロガネに対し、俺は……

「ハハハッ! クロガネ。お前、本当に強くなったな!」

嬉しさのあまり笑い、笑みを浮かべた。

強くなる事に貪欲なクロガネだが、魔法への対処は苦手としていた。魔法使いへの対抗手段は、二年前の時点ではそこまでなかったのだ。

だが、今の技は完璧な魔法使い殺しのスキルだ。

「だけど、クロガネ。もう少し上手く嘘をつかないとだめだぞ。お前、その技を今使ったって事は食えるのにも限度があるんだろ? 予想だけど、お前自身の魔力総量以上の魔法は吸収できないってところか?」

魔法を食った事には驚いたが、クロガネの体は傷がついていた。

魔法を食えるのであれば、全て食えば良い筈。一部だけ食らって、あとは体で受けるなんて馬鹿な事は、普通しないだろう。

であれば、魔法が食えない何かがある。

そしてその何かとは……「魔法を食える容量に限界がある」と予想を立てたわけだ。

「流石、主だな。一度見ただけで、そこまで見抜くなんて」

「経験則だよ。まあ、俺の魔法を食いたきゃ食って回復しても良いぞ。ただそれ以上の魔法を用意してやるけどな！」

それから俺はクロガネを近づけないように、大量の魔法を駆使してクロガネとの戦いを続けた。

その後、一時間ほど戦いは続いた。

クロガネは【魔法吸収】を駆使して立ち回っていたが、徐々にその体力は失われていった。

無限に魔法を吸収できるように見せかけて、やはり【魔法吸収】もそれなりに代償があるみたいだな。

「ハア、ハア……主はやはり化け物だな」

「そんな化け物相手に戦えてるんだから、お前も相当化け物寄りだよ」

「俺は魔物だから、良いんだ！」

「転生する生物って時点で、化け物だろうが！」

そう言い合いながら、俺達は戦い続けた。

体力が落ちてきているクロガネだが、戦いの中でも成長していた。

俺が展開する魔法に対して、無駄な魔法や自分にとって軽傷で済む魔法に関しては、【魔法吸収】を使わないようになっていたのだ。

そうして魔法を避けつつ、俺の近くまで接近する時があった。

「ふぅ～……やはり、主は化け物だ。二年間、戦っていなかったというのは嘘なのか？」

「本当だよ。嘘と思うならクロネに聞いてみろ。あいつはずっと俺の仕事をしてる姿を見てるからな」

クロガネの言葉に俺はそう返した。

既に体力限界のクロガネ。意識を保ってるのも限界の様子だ。これ以上、戦いを続ければこいつの体力が切れ、倒れるだろう。

そうなれば俺の勝ちとなるが……

「そんな負け方じゃ、二年間修業してきたクロガネも納得いかないだろうな」

俺はそう思い、更に魔法の威力を上げて放った。

クロガネの対応が少し遅れる。

俺はその瞬間を狙って、クロガネの懐《ふところ》へと移動。

腹部に全力で蹴りを入れた。

クロガネはそれを避けれず、そのまま数メートル吹き飛ぶと岩にぶつかり、気絶したのだった。

◇　◇　◇

「ふぅ～、疲れた。流石に強くなりすぎだろ……」

気絶したクロガネを確認した俺は、その場に座り込みながらそう言った。

二年間修業してきたとはいえ、クロガネは強くなりすぎだ。

【魔法吸収】なんて魔法使いにとって最悪な技まで身につけ、身体能力も以前から更に上げてきやがった。

クロガネが来る数日前から、ちょっとだけ運動をしておいて良かったな。

してなかったら、俺は確実に負けていたと思う。

「お疲れ様、アキト君。久しぶりにアキト君の戦ってる姿を見られて楽しかったよ」

「それは良かった。まあ、当分はこんな派手な戦いはしたくないけどな……」

「おいおい。それは酷《ひど》いだろ？　こんな面白い戦いを見せておいて、俺はお預けか？」

アリスと話していると、同じく観戦していたレオンがそう言いながら近づいてきた。

俺は溜息交じりに告げる。

「元々勝手に見に来たんだろ。戦いたいならクロガネと戦えよ。対魔法使いだとしたら、あいつほど厄介な奴はいないと思うぞ」

「……確かにそれはそうだな。魔法使いとして、クロガネは天敵みたいな者になったみたいだし、あいつと戦うのも面白そうではあるな」

レオンの標的をクロガネに変えたところで、クロガネが意識を取り戻した。やっと、自分が負けた事に気づいたようだな。

「主は強いな。これでもかなり強くなったと思ってたのに……」

「クロガネも強くはなってたと思うぞ。ただ、クロガネは対魔法使いとの戦闘経験がまだ浅いと感じたな。【魔法吸収】を習得して魔法に対しての対抗策ができて、逆に無駄な動きが多くなった気がする。昔の方がまだ魔法を避けたりしていたから、以前の動きを取り戻して【魔法吸収】を上手く使えばもっと強くなると思うぞ」

「戦いながらそんなところも見てたのか……主には、まだ勝てそうにないな……」

そう言うと、クロガネは落ち込むと思っていたが……そんな事はなく、やる気に満ちた目をしていた。

「まあ、クロガネとレオンは互いにいい訓練相手になると思うから、二人で強くなってけばいいと思うぞ。俺は暫く戦いたくはないからな」

「とか言ってるけど、アキト君って何だかんだ頼まれたらやりそうだけどね。今日も楽しそうに戦ってたし」

「……そんな事はない。現にレオンからはずっと逃げていたからな」

俺はアリスの言葉を否定しておいた。


その後、俺達は戦った跡地を整備してから帰宅した。

「クロガネはこれからどうするんだ？　修業から帰ってきたって事は、暫くはこっちで過ごすのか？」

「二年間自由に過ごさせてもらったから、これからは主のために動こうと思う。何かする事はないか？」

「クロガネにしてもらいたい事か……今は特に思い浮かばないから、好きな事をしてて良いぞ。どうせ、レオンに暫くは訓練に付き合わされると思うからな」

そう俺が言うと、レオンはクロガネに「頼むぜ、クロガネ」と笑みを浮かべて言った。

「レオンもこの二年間で強くなったみたいだな、主に勝てなかったが、レオンには勝つからな」

「ふっ、言ってろ。俺だって、この二年間で強くなったんだから負けないぞ」

二人はそう言いながら去っていった。

こんな感じで午前中はクロガネとの対戦に時間を使った俺だったが、家に戻ってくるとクロネから「急ぎの仕事ができた」と言われた。

また暫くの間、仕事の部屋から出られない生活が続くのだった。

第3話　兄と義姉

クロガネの帰還祝いから数日が経ち、俺は王都の実家に帰ってきている。

仕事が忙しすぎて直談判《じかだんぱん》に来たとか、逃げ帰ってきたとかではない。父さんと兄さんから、男同士で話があると呼び出しを受けたのだ。

「それで態々《わざわざ》、俺を呼び出したって事は、何かあったの？」

「中々察しが良くなったな、アキト」

「そりゃ、もう何度も呼び出しを受けてるからね……」

領地経営を本気で行うようになってから、事あるごとに父さんと兄さんに呼び出しを受けていた。

その呼び出しは仕事の手伝いだったり、母さんと喧嘩《けんか》をしたから仲を取り持ってほしいだったりと様々だ。

そして今回もそれ関係だろうと、俺は呆れつつも結局は家族だから助けに来た。

「それで今回は何？　また父さんが母さんを怒らせたりしたの？」

「いや、今回は俺じゃない。エリクなんだ」

「……えっ、兄さんが？　母さんを怒らせたの？」

「いや、母さんじゃないんだ。実は、ミリアとの関係がね……」

ミリアとはエリク兄さんのお嫁さんで、俺の義理の姉にあたる人物。ミリア義姉《ねえ》さんは母さんや婆《ばあ》ちゃんと仲が良く、今は学園で教師となったアミリス姉さんとも仲が良い。

だから、家族の関係が悪くなるなんて事はないと思っていたが……

まさか何かあったのか？

「少し前に、王都でパーティーがあったのはアキトも知ってるよね？」

「ああ、俺が拒否したパーティーでしょ？　知ってるよ」

「実はそこで、少しお酒を飲みすぎちゃって女性とぶつかって、こう抱きかかえる形になってしまったんだ」

兄さんは父さんを使って、その時の再現をしたのだが……

二人は真剣かもしれないが、親子がそんな抱きかかえるような姿を見て、俺は少し引いてしまった。

「まあ、でも、そのくらいでミリア義姉さんが兄さんを嫌うとは思わないけど？」

「うん。その時は良かったんだけど、つい先日、普通に女性と話してるところまで見られてね。普段ならミリアも平気な顔してくれるんだけど、その時は何故《なぜ》か怒った顔をしていて、何だか徐々にミリアとの関係が悪くなっていったんだよ……」

「う〜ん、心当たりはその二つだけなの？」

「悪くなってきた時期から考えて、この二つしか心当たりはないんだ」

それから兄さんは「アキト、どうしたらいいかな？」と不安げな顔で聞いてきた。

「正直その場面を見てないし、兄さんとミリア義姉さんが今どんな状況かハッキリとはわからないから何とも言えないけど……とりあえず俺も力を貸すよ」

「ありがとう。アキト」

「俺らではどうしようもない。一番女性の気持ちがわかるのがアキトだからな」

情けない兄さんと父さんに俺は言う。

「そろそろ二人も成長してほしいところだけどね。いつまでも俺が間に入るって、おかしいと思ってよね？」

ひとまずは情報収集のためにも、母さんに話を聞きに行くのが良いだろう。

◇◇◇

「あら、アキト？　帰ってきてたのね」

「うん。ただいま、母さん。今、ちょっと大丈夫？」

母さんがいる部屋に行くと、母さんは趣味である編み物をしていた。

そして、机に道具を置いて「今日はどうしたの？」と聞いてきた。

「うん。実は、兄さんからミリア義姉さんとの仲を取り持ってほしいって言われて、情報集めのために母さんの所に来たんだ。母さんは、二人の関係が悪くなってる理由、知ってる？」

「知ってはいるんだけど……まあ、これに関してはどちらも悪くないのよね」

母さんはそう言うと、どういった経緯で兄さん達の関係がギクシャクしているのか教えてくれた。

事の経緯だが、兄さんが問題だと言っていた二つは関係なかった。

ギクシャクし出したのは、兄さんが多忙すぎるあまり、ミリア義姉さんとの記念日を忘れたのが原因との事。

「あれほど、記念日関係は覚えておかないと大変な事になるって言ってたのにな……父さんと母さんが何度もそれで喧嘩してたんだから、忘れる筈はないと思ってたんだけど」

「まあ、私からしたら、仕方がないとは思うのよね。エリクは次期国王として勉強中で、昔とは違ってジルニア国も大きくなってしまったから、勉強する範囲が広がってて、とにかく時間が足りないのよ。それで、いつもエリクは忙しそうにしているのよね」

「確かに昔に比べて、ジルニア国は大きくなったからね……主に俺が原因で」

ジルニア国は俺が生まれてからというもの、元々大国だったのにもかかわらず、更に大きくなった。

そのせいで、王の行う仕事は増えてしまった。

「そんな事はないわよ。仕方ないとはいえ、忘れたのはエリク自身だから、アキトのせいじゃないわ」

母さんはそう言いながら、俺の頭を撫でていてくれた。

それから、具体的な解決案を話し合う事にした。

ミリア義姉さんも関係がギクシャクしてから落ち込んでいるらしく、早く関係を元に戻したいと思っているみたいだ。

ただそのきっかけがなく、ミリア義姉さんはエリク兄さんから距離を取っている……と母さんから聞いた。

「う～ん……簡単そうで難しいね」

「そうなのよね～。私も何だかんだ心配だから、ちょくちょく話はしてるんだけど、どうしても私の考えはミリアちゃんに寄ってしまうのよね」

「まあ、それは母さんも父さんから似たような事をされてきてるからね。ミリア義姉さんに同情してしまうのは仕方ないと思うよ」

その後、俺は母さんに情報提供のお礼を言い、王都にある俺の部下の拠点へと向かった。

◇　◇　◇

王都の拠点は二つあり、一つは表で行動する者達が集まる場所。そしてもう一つは、俺の持つあらゆる分野に特化した影の者達が集まる場所である。

俺は今回、後者の影が集まる拠点にやって来ていた。

「アキト様？　ここに来るなんて、珍しいですね」

「まあ、ちょっとな。ディルムはいるか？」

影の拠点に来ると、影所属の部下が数名いた。俺は彼らに、影のリーダーであるディルムはいるか尋ねた。

「リーダーはちょっと、今は外に出てますね。シンシアさんならいます」

「そうか。なら、シンシアを呼んできてくれ」


少しして、影の副リーダーであるシンシアが現れた。

シンシアは影の中では、かなり実力も高い女性。

長身で、影の者とは思えないほど気品に溢れている。

元々貴族の令嬢だったが、家の悪事を見て絶望していたところを、たまたまシャルルが見つけて影に誘ったという経緯がある。

なお、シンシアは外では死んだ事になっている。

「アキト様、本日はどのようなご用件で来られたのですか？」

「ちょっと、頼みたい事があってな。兄さんとミリア義姉さんが最近、関係がギクシャクしてるみたいなんだよ。それで、何かいい修復の仕方はないかなって」

「……それは、私どもよりも、表の者達の方が良いのではないですか？」

「お前らの顔も確認しておきたくて、先にこっちに来たんだよ。クロガネの帰還祝いにも来てなかっただろ？　少し心配してたんだよ」

そう言うと、シンシアは「ご心配していただき、ありがとうございます」とお礼を口にした。

「帰還祝いに伺《うかが》えず申し訳ございません。丁度、こちらで調べていた者達に動きがありましたので、そちらの対応をしていました」

「そうだったのか、そいつらは捕まえたのか？」

「はい。既に国に引き取ってもらっています」

影の者達は現在、犯罪者を捕らえる組織として国にかなり貢献している。

巨大国家となったジルニア国は、良い人達も増えたが、悪い奴らも増えた。それらの対応に、影達は奮闘している。

「その報告資料をリーダーが作成して、今は主がいないクローウェン領の方に行っております」

「ああ、なるほど。それで、いなかったのか」

ディルムがいない理由を知った俺は、タイミングが悪かったなと思いつつそう言った。

「それで関係修復の件ですが、やはり女性である私からしたら、心からの謝罪と何か贈り物を渡すべきかなと思います」

「やっぱりそれがいいよな～。俺としては、旅行も良い案だと思うんだけど、兄さん達は忙しいから、そんなに時間もないしな」

「旅行でしたら……今は相手に対する気持ちがマイナス面になっていますので、関係が戻りプラス面になった際に、更に仲を深めるために行くのが良いかと私は思います」

「なるほどな、流石は元貴族令嬢だな」

そうシンシアに言うと、シンシアは「もう何年も前の事ですけどね」と笑いながら言った。

その後、他の影の者達と軽く挨拶を交わした俺は、王城へと戻る事にした。

そこで早速、兄さんと話し合いをする。

「なるほど……確かに、今言われてみれば記念日の事をすっかり忘れていたよ。本当に父さん達から学べてなかったな……」

「ずっと言ってたんだけど、やっぱり忙しいと忘れるからね。俺の場合は、沢山《たくさん》部下がいるから言ってくれたりするけど、兄さんってあまり近くに人を置いてないもんね」

「正直、アキトみたいに沢山の人に囲まれるのはそこまで好きじゃないからね。王になるんだから、そういうのも慣れないといけないのはわかってるんだけど、性格的に難しいもんだよね」

「まあ、相談役は、代わりが見つかるまでは俺がしてあげるよ」

というか、「俺のせいで色々と苦労もかけてるだろうから」と心の中で思いながら、兄さんに言った。

それから、ミリア義姉さんに渡すプレゼントを決める事にした。

「兄さん、ミリア義姉さんが好きな物とか知らないの？」

「本とかは好きだけど、今回渡す物としては違うよね？」

「まあ、若干違うね。どちらかと言うと、好きなアクセサリーとかだったらいいかもね」

「アクセサリーか……そういえば、少し前に髪飾りが壊れたみたいな事を言っていたな」

兄さんは少し考え込んでからそう言った。

そうして「だったら、贈り物は髪飾りが良いね」となり、どんな贈り物を渡すかの大まかな方向性が決まったのだった。

「兄さん、今日の予定は？」

「えっ、えっと、今日はアキトを呼び出すってなってたから、お昼以降は特に予定は入れてないよ？」

「それなら、一緒にミリア義姉さんに渡す髪飾りを探しに行こうか。特注で作るのもありだけど、それじゃ時間がかかるからね」

俺はそう言って、兄さんを俺の領地にある街に連れていく事にしたのだった。

◇　◇　◇

王都もそれなりに良い店があるが、やはり最新設備を整えてる俺の部下達の店の方が良いだろうと思ってこっちを俺は選んだ。

「ミリア義姉さんの好み、俺はあんまり知らないけど、流石に兄さんは知ってるよね？」

「うん。そこは大丈夫、任せてよ。ちゃんと把握してるよ」

兄さんは自信ありげにそう言った。

そんな感じで、俺と兄さんはアクセサリー屋に入る。

「あれ、アキト様？　今日はどういったご用でしょうか？」

「兄さんが義姉さんに渡すプレゼントを選びに来たんだ。髪飾りの場所、教えてくれる？」

早速俺の奴隷が対応してくれて、「こちらです」と案内してくれた。

案内された場所には沢山の髪飾りが置いてあり、かなり選ぶのに苦労しそうだった。

「ミリアは赤色が好きなんだけど、そこまで装飾が多いのは頭が重くなるから好まないんだ」

「そうなんだ。なら、これとかどう？」

兄さんから義姉さんの好みを聞いた俺は、パッと目に入った髪飾りを手に取った。

シンプルな作りで、装飾も宝石が二個ついてるだけである。

「う～ん。この色はちょっと薄い気がするな……色合いでいえば、こっちがミリアの好きな色だね」

そう言って兄さんが手に取ったのは、バラのように真っ赤な色をした髪飾りだった。

確かに俺がさっき手に取ったのは、赤といえば赤だけど少し薄い感じだった。

なるほど、ミリア義姉さんが好きな色は鮮やかな赤って事なのか。

その後、俺と兄さんは手分けして色々と髪飾りを見て回り、店に入ってから三十分ほどが経った頃、ようやくプレゼントが決まった。

色合いも完璧で、装飾の量もミリア義姉さんが普段つけているくらいの物を見つけられた。

「かなり高かったけど、良かったの？　俺が払う事もできたのに」

「ううん。アキトにお金を出させるわけにはいかないよ。これはプレゼントなんだから、自分でお金を出さないと」

兄さんはそう言って、綺麗に梱包された髪飾りを大事そうに持っていた。

それから俺は、兄さんと王城に戻ってきて、どういった感じで渡すのか話し合いを始めた。

「食事に誘うのがベストだと思うけど……その誘いに乗ってくれそう？」

「多分、厳しいかも……最近は目も合わせてくれないから……」

「それだと厳しいね……それなら、城の中でミリア義姉さんを呼び出してきてもらうのが良さそうかもね。外に出かけない分、多少は来てもらえそうじゃない？」

「食事よりかはいいかもね。だけど、来てくれるかな……」

兄さんがこれほど心配するレベルで関係がギクシャクしてるんだろうな……よしっ、ここはもう一回俺が手助けしてやろう。

「兄さんから誘うのが難しいなら、俺から誘おうか？　それで、二人だけの空間になれば、兄さんもやるしかなくなるから覚悟が決まるんじゃない？」

「そ、それでも失敗したらどうしよう……」

「それはもう、ミリア義姉さんが笑ってくれるのを願うしかないね。ミリア義姉さんは、兄さんが完璧な人だとは思ってないから、失敗した方が逆に良いかもだよ」

「いや、それは男として嫌だよ……」

兄さんはそう言いつつも、自分から誘うのはどうしても難しいとの事。そんなわけで、俺がミリア義姉さんを呼ぶ役目を担う事になった。

そうして俺は兄さんと別れて、ミリア義姉さんの所に向かった。

◇　◇　◇

「ミリア義姉さん、今大丈夫？」

「アキト君？　うん。大丈夫だよ」

ミリア義姉さんの部屋に行くと、義姉さんはそう言って俺を部屋の中に入れてくれた。

「もしかして、エリク君から何か頼まれたの？」

「女の勘って、本当に怖いですね……」

「アキト君はエリク君と仲が良いから、今の私とエリク君の関係を聞いたら、何か手助けをするかなって思っただけだよ」

ミリア義姉さんは、笑みを浮かべながらそう言った。

「ってか、意外と普通ですね。正直、もう少し荒れてるのかと思ってました」

俺がそう言うと、ミリア義姉さんは尋ねてくる。

「アキト君は、私とエリク君の関係がギクシャクしてる理由知ってる感じ？」

「はい。母さんから聞きました。兄さんが記念日を忘れていたって」

「うん。それで数日間は確かにムッとしてたんだけど、今はもう大丈夫なの。でも、エリク君を前にすると、落ち着いてる筈なのにまたムッとしちゃうんだよね……」

なるほど、今は兄さんがいないから、ミリア義姉さんも普通な感じなのだろう。

となると中々大変そうだと思いつつも、一応兄さんからの伝言を伝える事にした。

その内容は、「この後予定がないなら庭園に来てほしい」というもの。そこで兄さんは義姉さんに謝罪をして、プレゼントを渡すつもりでいる。

受けてくれるかなと心配していると、意外にもミリア義姉さんは「うん、わかった。準備するね」と言った。

「あれ、良いんですか？」

「エリク君を見るとムッとするのは本当だけど、関係を修復したいとも思ってたの。でも自分からはどうしても動けなくて。エリク君が折角動いてくれたんだから、私も動こうと思ったの」

ミリア義姉さんはそう言い、俺は何だかんだこの二人は仲が良いんだなと思いながら、伝言はちゃんと伝えられたので部屋を出る事にした。


その後、兄さんの所に戻ってきた俺は無事に伝言を伝えられた事を言い、「俺ができるのはここまでだ」という事も言った。

「アキト、本当にありがとう。アキトがいなかったら、まだ何も行動できていなかったと思うよ」

「まあ、後は頑張ってね。最悪、ミリア義姉さんなら頭を地面に擦《こす》りつけて謝れば、許してくれると思うから」

「ハハッ、確かに最後はそのくらい謝ってでも許してもらうよ」

その後、俺は兄さんと別れて、自分の家に戻るのだった。


早速クロネが尋ねてくる。

「あら、ご主人様おかえりなさい。どうだった、久しぶりの家族との時間は？」

「ただの頼み事での呼び出しだったから、そんなゆっくりと過ごしてはないけどな……」

「ふふっ、そう文句言う癖に、何だかんだ助けるのがご主人様だものね」

「そりゃ、家族だからな」

俺はそう言った後、残していた仕事に取りかかる事にしたのだった。

第4話　模擬戦

それから数日後、兄さんから「上手くいった」という内容の手紙が届いた。

クロネが手紙を覗き込みつつ言う。

「ふ〜ん、上手くいったみたいね。良かったじゃない」

「上手くいくとは、ミリア義姉さんと話した時から思ってたけどな、何だかんだミリア義姉さんも仲良くなりたいって思ってて、きっかけさえ作れば元に戻ると思っていたんだ」

「なるほどね。まあ、ご主人様の兄と義姉は、仲が結局良かったたって事ね」

「そういう事だな」

クロネの言葉にそう言うと、部屋の扉をノックする音が聞こえた。返事をすると、外から奴隷の一人が入ってきた。

「すみません。お話し中でしたか？」

「ただの雑談だから大丈夫だ。それより、何かあったのか？」

「はい。実はレオンさんとクロガネさんの件でお話が」

「またあいつらか……」

クロガネが戻ってきてから、そろそろ二週間が経とうしている。

最初の数日はクロガネも大人しかったが、暫くしてレオンと模擬試合をしたり、他の奴隷や部下達を誘って戦いを繰り広げていた。

そして、それはどんどん広がっていき、いつの間にか「クロガネとレオンに勝てば、俺と戦う事ができる」みたいな噂まで勝手に流れ始めていたのだった。

何でそうなったのかわからないが、その噂なしにしても、二人に巻き込まれた部下達の一部は、仕事に支障が出始めている。

「そろそろあいつらを一回ちゃんと怒った方が良いな……」

「それも良いとは思うけど、手っ取り早いのは、竜王さんかご主人様のお爺ちゃんに丸投げが良いんじゃないかしら？　あの二人、結局は強い相手と戦いたいだけだし」

「それはそうなんだが……一応はあいつらも俺の部下なわけで、他の奴らが仕事してるのにあいつらだけ自由にさせるのは恰好《かっこう》がつかないだろ？」

「まあ、確かにそうね」

今までレオンとクロガネはかなり自由にさせてきたが、この二年で俺の領地もかなりの大所帯となっている。

仕事は山ほどあるというのに、あの二人だけ好きな事だけさせるのはいけないだろうと俺は考えた。

「俺の部下の中であいつらと同レベルの強さといえば、ローラかシャルルくらいだけど、ローラは戦いに興味がないし、シャルルもやる事があるからな……」

「そうね。次点でジルだけど、あの二人との戦いの相性は最悪だものね」

「力押しのクロガネと、魔法使いのレオン。確かに剣士であるジルは相性的に悪いな……誰か、あいつらの相手をしてくれるほど強くて、仕事に支障が出ない奴はいないもんかな……」

そう悩んでいると、突然、俺の頭にプニッとした感触が。

「いつの間に来たんだ。ライム?」

その感触から何者なのか言い当てると、俺の頭に乗っていたライムはプルプルと嬉しそうに震えた。

「……そういえば、ご主人様。ライムってそんな見た目だけどかなり強かったわよね？　あの二人といい勝負できるんじゃないかしら？」

「いやいや、流石にライムが二人と戦えば……」

そう言い終わる前に、ライムは机に移動して、やる気に満ちた様子でプルプル震えた。

そこまでやる気なら一度だけ試してみようか。

俺は、クロガネとレオンを呼び出し、ライムと戦わせる事にしたのだった。

◇　◇　◇

「本当に良いのか？」

「ライムがやりたがってるからな、試してみるのはありだろ」

最初に戦う事になったのは、ライムとレオンだ。

レオンは「本当に戦えるのか？」という目でライムを見ながら魔法を放った。すると、ライムはレオンの魔法に態《わざ》と当たりに行った。

何をしてるんだ!?　と焦った俺だったが、次の光景を見て驚き固まった。

「手加減してるとはいえ、レオンの魔法を直撃して無傷だと？」

そう驚く俺の横では、クロネとクロガネも驚いていた。

魔法を放ったレオンも無傷のライムを見て一瞬動揺したが、すぐに気を取り戻して次はもっと威力のある魔法を放った。

「〜」

しかし、その魔法すらもライムは避けようとせず直撃。再び、何事もなかったかのようにプルプル震えている。

「そういえば、ライムは【魔法耐性】のスキルを持っていたな」

「だとしても、あのレベルの魔法を無傷で耐えられるの？」

「いや、無傷に見えてライムの魔力は少しだけ減ってる。多分、少しは食らってるけど、その度に再生してるんだと思う」

そしてレオンの魔法を二発耐えたライムは、今度はレオンに対して攻撃を始めた。

ライムは十数体に分裂すると、レオンの周りを【空間魔法】で連続で転移を続け、色んな角度から魔法を放った。

その魔法の威力もかなり高く、レオンは徐々に押されていった。

「ねぇ、ライムってあんなに強かったかしら？」

「二年前の迷宮探索時点で強いのは知ってたけど、レオンと並ぶ力を持ってるとは思わなかった。というか、確実にあれから成長してるな……たまに姿を見せない時があったけど、あいつ、もしかして勝手に迷宮探索とか行ってたんじゃないか？」

「その可能性はあるわね。ご主人様、ライムは基本的に勝手に過ごしていいようにしてたじゃない」

「そうだけど、まさか迷宮探索に一匹で行ってるとは思わないだろ……」

その後もライムとレオンの戦いは続き、結果的にライムの耐久勝ちとなった。

「ま、まさか俺がスライムに負けるとは……」

「そう落ち込まなくても良いと思うぞ、ライムはかなりおかしなスライムだからな……」

スライムに負けたレオンは、自信をなくして放心状態となっていた。俺はそんなレオンに優しく声をかけた。

それからクロガネともライムは戦ったが、固有能力で物理に対する耐性を持ってるライムにクロガネはレオン以上に何もできなかった。

結果的に二人は、ライム相手に完全敗北してしまった。

「ご主人様はライムに勝てそう？」

「……本気というか、殺す覚悟でいけば何とかなりそうだけど、模擬試合レベルでは多分ライムの耐久力には勝てそうにないかもな」

俺は本音でクロネの疑問に答え、楽しそうに俺の頭の上でぴょんぴょん跳ねているライムに対して「こいつも化け物だな……」と思うのだった。

第5話　強いスライムへ・1

僕の名前はライム。

大好きなご主人様がつけてくれた大事な名前だ！

ご主人様はとっても強くて、カッコ良くて、そして優しい。

とても弱い僕を従魔に迎え入れてくれた優しいご主人様が、僕は大好きだ！

「ライムさん、今日もお出かけですか？」

「うん！　ご主人様に強くなった姿を見せたいから、今日も行ってくるよ！」

僕に話しかけてきたのは、僕より後にご主人様の従魔になったワイバーン君。

見た目は怖いけどとても優しくて、スライム族の僕だけど先輩だからってちゃんと敬《うやま》ってくれる優しい子。

「ライムさんが強いのは知ってますけど、気をつけてくださいね？　いくらライムさんだって、沢山の魔物に囲まれたら危ないですから」

「うん、わかってるよ！」

心配してくれたワイバーン君にそう言って、僕は街から出ていった。

街には結界が張られていて、外に転移で行くとご主人様の部下さんにバレちゃう。だから僕はこっそりと街の外に出て、そこから転移で迷宮に向かってるんだ。

「いっけ〜！」

「がふっ！」

迷宮にやって来た僕は、魔法を使って魔物を狩り始めた。

昔だったらこんな事あり得なかったけど、今の僕は上位の魔物も魔法で一発で倒せるようになった。

これも全部、ご主人様と出会えたおかげだ。

「う〜ん、でもここの魔物さんも弱く感じるようになっちゃったな……もっと強い魔物が出る所ないかな？」

今通ってる迷宮はもう随分前から通ってて、今の僕からしたら余裕に感じちゃう。

これだと強くなるのに、時間がかかってしまう。

「どうしよう……」

そう悩んでいると、僕はある人の事を思い出して、その人の所に向かう事にした。

◇　◇　◇

「おや、このスライムは確かアキトのスライムじゃったか？」

僕が転移で来たのは、ご主人様の実家のお城の一室。

とても強い、ご主人様のお爺ちゃんのお部屋だ。

この人は僕の考える事を何となく察してくれるから、もっと強くなりたい事を体で表現して伝えてみた。

「……ふむ、もっと強くなりたいから強い魔物が出る迷宮に行きたい。という感じかの？」

やっぱり、この人は凄いや！　僕の考えてる事を理解してくれた！

僕は嬉しく思い、ぴょんぴょんと跳ねた。

ご主人様のお爺ちゃんは「ふむ、お主に合う迷宮か……」と考え始めてくれた。

「アキトがいないという事は、アキトを驚かせるために隠れて修業をしてる感じじゃな？」

何でもお見通しのご主人様のお爺ちゃん。

僕はぴょんと返事のつもりで跳ねる。

「ふむふむ……ここに転移で来たという事は、転移も使えるだろうし、違う大陸の所の方が良さそうじゃな」

ご主人様のお爺ちゃんはそう言うと、僕を抱えて知らない所に連れていってくれた。

「ここはどうじゃ？　丁度、お主の強さと同等クラスから始まる迷宮で、奥に行けばより強い魔物が出てくる場所じゃ」

それなら僕が求めていた最高の場所だ！

僕は嬉しさを感じ、ご主人様のお爺ちゃんに感謝を伝えた。

「喜んでるみたいじゃな。よし、それじゃ今日は儂《わし》と一緒に中を探索してみるか？」

一緒に探索か〜。

ご主人様のお爺ちゃんは凄腕《すごうで》の魔法使いだし、色々と参考になるかも！

そう思った僕はぴょんと跳ねて、ご主人様のお爺ちゃんと一緒に迷宮を探索する事にした。

「わ〜、ここ凄いな！　強い魔物が沢山いて、ちょっと難しいけど楽しい場所だ！」

ご主人様のお爺ちゃんに連れてきてもらった迷宮は、これまで探索していた迷宮よりも難しく、出てくる魔物はかなり強い。

でも、僕もそれなりに強いから、接戦ができて凄く楽しい！

「ここの迷宮のレベルで楽しそうに狩りをしておるな、流石はアキトの従魔じゃな。それにしても魔法の扱いが上手いな……お主はどんな魔法が使えるんじゃ？」

そう聞かれた僕は、今使える魔法を見せる事にした。

「ほ～、意外と強い魔法を扱えるみたいじゃな。それに【空間魔法】もかなり熟練の域に達しておるようじゃし、お主は本当に面白いな！」

ご主人様のお爺ちゃんは楽しげにそう言うと、僕にお手本となる魔法をいくつか見せてくれた。

「ご主人様のお爺ちゃんは、本当に凄いな～」

ご主人様のお爺ちゃんと一緒に迷宮を探索をした僕は、帰宅時間になってお家に戻ってきた。

そして僕に用意された部屋に横になり、今日一日見てきたご主人様のお爺ちゃんの魔法を思い出しながらそう呟いた。

「ば～って魔法を放って、ちゅど～んって魔物が吹っ飛んで本当に凄かったな～」

僕もあんな風に魔法を使えたらな～。少し使えるけど、まだまだご主人様とかの魔法に比べたら全然だもんな……

◇　◇　◇

「ライムさん、何を悩んでるんですか？」

翌日、迷宮には行かず、ご主人様のお爺ちゃんから教えてもらった魔法の事を考えながら散歩しているところ、ワイバーン君からそう話しかけられた。

「うん。実は、ご主人様のお爺ちゃんに魔法を見せてもらったんだけど、イマイチ感覚が掴めなくて……ワイバーン君って魔法使える？」

「魔法はそこまでですね。ですけど、ブレスなら放てますよ？」

「ブレスか〜。ドラゴン族はそんなのができるから羨《うらや》ましいな〜」

スライム族の僕はカッコいい技は覚えない。だから、ワイバーン君ができると言っていたブレスには少しだけ嫉妬《しっと》してしまう。

スライム族である僕の特性なんて、物理攻撃が効かないくらいで地味な特性だ。

「僕からしたら、ライムさんの物理無効は凄いと思いますよ？　それに魔法耐性も持ってますから、ライムさんに真面《まとも》な攻撃を食らわせられる人なんて殆《ほとん》どいないんじゃないんですか？」

「そんな事はないよ。ご主人様やご主人様のお爺ちゃん、後は竜王さんとかの攻撃は食らったら死ぬかもって思うよ。後はレオンさんの魔法とかも凄いよね」

「あの人はここ数年でかなり変わりましたからね〜」

「僕もレオンさんやご主人様、ご主人様のお爺ちゃんのように魔法が上手く使えるようになりたいな……」

それから僕は、ワイバーン君と少し話をして、魔法を覚えるなら実践あるのみだと思い至った。

そんなわけで迷宮にやって来た。

「う～ん……やっぱり、僕の魔法だとパッとしないな～」

ご主人様のお爺ちゃんのように凄い魔法が使えるわけじゃない僕は、威力こそしっかりあるけど、派手さは全くない。

何かこう、派手に魔法を使う方法はないかな……

結局、その日は特に思いつく事はなく、淡々と魔物を狩り続けてレベルだけ上げて帰宅した。

◇　◇　◇

「レオンさんとジル君の戦いがあるらしいけど、ライムちゃんも見に行く？」

ご主人様のお爺ちゃんから教えてもらった迷宮で修業を始めて数日が経った頃、ご主人様の婚約者のアリスさんからそんな事を聞かされた。

レオンさんとジルさんの戦い、気になる！

そう思った僕は、アリスさんと一緒に外に出て、戦いを見に行く事にした。

「おっ、アリスにライム。レオン達の戦い見に来たのか？」

「アキト君も来てたの？　お仕事じゃなかったの？」

「丁度、休憩でクロネからレオン達が戦うって聞いてきたんだよ。って、ライム、お前移動が速いな」

ご主人様も見に来ていたと知った僕は、アリスさんの頭からぴょんッと跳んでご主人様の頭の上に移動した。

それから僕は、レオンさんとジルさんの戦いを見始めた。

「レオンの奴、益々《ますます》空間把握が上手くなってるな」

「転移って難しいって聞いたけど、あんな風に使いこなせるものなの？」

「いや、あそこまで使いこなせるのは自分で言うのもあれだけど、俺やレオンみたいに一部の人間だけだな。そもそも連続で転移をすると、気分が悪くなるから俺もそんなにしない」

ご主人様はそう言ってるが、僕はレオンさんの戦いを見て「これだ！」と感じた。

僕も【空間魔法】は使えるし、レオンさんのように魔法を飛ばす事も可能だと思う。

それに僕は、スライム族の固有能力【分裂】もできるから、もっと凄い技ができるかもしれない！

戦いを見た僕は、どんどん色んな事も思いつき、早く試してみたいと思った。

それから、レオンさんとジルさんの戦いはすぐに終わった。ちなみに、レオンさんの勝利で終わった。

「久しぶりだけど、観戦するのもいいな。たまに時間ができたら、一緒に見に行くか、アリス」

「うん。でも、私としてはアキト君の戦ってる姿もたまには見たいかな？」

「俺が戦うってなると、色々と湧《わ》いてくるからな……もう暫くは静かに暮らしたいよ」

そうご主人様達は話した後、お家に戻ってきた。ご主人様は仕事に戻り、アリスさんも違う所に行ってしまった。

◇　◇　◇

「よしっ、それじゃ迷宮に行って色々と試そう！」

戦いを見て思いついた技を試したくてウズウズしていた僕は、それから家を出て、街の外に出てから迷宮に移動してきた。

「よ～し、早速魔物がいた！　えっと、こうしてこうだ！」

迷宮に入り少しして魔物を見つけた僕は、思いついた魔法の使い方を試してみた。

だけど、考えが先行していて思い通りにはいかなかった。

「う～ん、もっとちゃんと考えないと駄目だ！　でもやってて楽しい！」

そう、僕は新しい魔法の使い方が楽しくて、それから考えついた魔法の使い方を色々と試す事にした。

分裂して連続で放ったり、色んな角度に転移して放ったり、スライム族の【空間魔法】を活かした魔法の使い方を色々と試した。

そうして色んな魔法を試す僕は、ある一つの魔法の使い方を思いついた。

「四つに分裂して、【空間魔法】を使うのが一番魔法が扱いやすい」

分裂する数は、僕の意識で変える事ができる。

昔だと、二つに分かれるくらいしかできなかった。

けれど今の僕だと、十数体は余裕で分裂ができる。

だけど、そんなに多く分裂しちゃうと、一つ一つの個体を動かすのに意識が持っていかれて、魔法の方が上手く扱えなくなっちゃう。

そして僕は、魔法を試しながら分裂の個数を減らしていき、四つに分裂して魔法を放つのが今のベストだという事に気づいた。

「派手さもあって、威力もあるから、これを極めていけば凄い魔法になりそう！」

ようやく思い描いた魔法の一つの形に辿《たど》り着いた僕は、嬉しさのあまりその日は少し遅くまで迷宮に籠《こ》もって魔法を試し続けた。

◇　◇　◇

「なあ、ライム。最近、アリスがたまにライムが消える事があるって言ってたけど、お前、どこかに行ってたりするのか？」

「〜」

翌日、ご主人様にそう聞かれた僕は、そんな事はないよ！　とご主人様の膝の上でぴょんぴょんと跳ねた。

「まあ、どっか散歩にでも行ってるんだろうけど、ちゃんと帰ってくるんだぞ？」

ご主人様は僕が迷宮に行ってる事は気づいてないみたいで、優しい声音でそんな事を言った。

流石にこの日は、ご主人様から疑いをかけられているわけだし迷宮には行けないなと思い、お家で過ごす事にした。


「おや？　アキトのスライムじゃないか、迷宮には今日は行っておらんのか？」

家で大人しく過ごしていると、ご主人様のお爺ちゃんが家に遊びに来たようで、家の中を歩いていた僕を見つけてそう言った。

僕は慌てて、お爺ちゃんの前でぴょんぴょんと跳ねて、その事は言わないで！　と必死に伝えた。

「おっと、この事は内緒じゃったな。すまんすまん」

ご主人様のお爺ちゃんは、軽い感じでそう僕に謝罪をすると、僕を抱えてご主人様の所に向かった。

「アキト。スライムをちょっと貸してもらっても良いか？」

「ライムを？　何かするの？」

「いや、アキトの奴隷達はどれも凄い者達じゃろ？　このスライムも凄いのか、少し試したくての。別に変な事はしないから、安心して良いぞ」

「まあ、爺ちゃんなら別に良いけど、今日中には連れて帰ってきてよね」

　ご主人様にそう許可を取ったお爺ちゃんは、僕を連れて迷宮に移動した。

◇　◇　◇

「どうせ、最近出てるのがバレて家で大人しくしておったんじゃろ？　儂が見てない間に、どんな進化をしたのか見せてくれぬか？」

　今日は大人しく過ごすしかないと思っていた僕にとって、まさかの出来事だ。

　僕は、ご主人様のお爺ちゃんの頼みを聞く事にした。

　僕とお爺ちゃんは、迷宮の中へと入り、魔物を発見した。

　僕はその魔物に対して、昨日一日訓練していた魔法を放った。

「ほ～、スライム族の特性である【分裂】と【空間魔法】を上手く使った技じゃな、これはお主にしかできん技じゃ。よくこんな事を思いついたの」

ご主人様のお爺ちゃんからそう褒められた僕は、嬉しくなってぴょんぴょんとその場で跳ねた。

それからお爺ちゃんから、もっと見てみたいと言われたので、僕はお爺ちゃんと一緒に迷宮の奥へ潜る事にした。


「しかし、凄いのう。ここまで凄いスライムは儂は初めて見る。特に変異体とかではないのに、よくここまで強くなれたな」

ご主人様のお爺ちゃんは、僕の戦いを一通り見て、そんな感想を零《こぼ》した。

「ご主人様のために沢山頑張ってるからね！」

僕が体で表現して言うと、ご主人様のお爺ちゃんは「主思いだな」と笑みを浮かべた。

「ここまで強いとすぐにこの迷宮も飽きそうじゃな……他に良い所はあるが、そこはレオンが使っておるからのう。お主はアキトの部下とは会いたくない感じじゃろ？」

「強くなるまでは隠しておきたい！」

「うむうむ。という事は、アキトの耳に入らない所が良いな……ちと、調べないと難しそうじゃな。良い所が見つかったら、お主をそこに案内してやるぞ」

ご主人様のお爺ちゃんからそう言われた僕は、「ありがとう！」と体で表現して伝えた。

あれ、でも何でこんなにご主人様のお爺ちゃんって僕に協力してくれるんだろう？

僕のイメージだと、戦いは好きだけど、こんな風に僕を育てるような人ではなかったと思うんだけど？

「その様子じゃと、何故儂がお主に協力しているのか気になってるようじゃな」

「うん。気になる！」

僕が気になってる事を察したお爺ちゃんに、僕はその場でぴょんぴょんと跳ねて、体で「気になる」と表現した。

「まあ、儂がお主を育てている最大の理由は、儂の良き戦いの相手になりそうじゃなと思ったからじゃ。前にアキトやアキトの奴隷達と一緒に迷宮に行った事は覚えておるか？」

それってあれかな？

最果ての迷宮ってご主人様達が言ってた所かな？　それなら知ってる。

僕はぴょんぴょんと跳ねて、「知っている」と伝えた。

「うむ、覚えているようじゃな。儂はその時、誰よりもお主の戦いに注目しておったんじゃ。物理・魔法の両方に耐性持ちで、お主の目は、より強くなりたそうにしているように見えた。だから儂は少し気になって、お主をこうして育てておるんじゃ」

ご主人様のお爺ちゃんからそんな話を聞いた僕は、とりあえずお爺ちゃんが僕の事を気に入って訓練をつけてくれてるという認識をした。

それから僕は、ご主人様のお爺ちゃんの協力もあって色んな迷宮に行き、沢山の魔物と戦う経験をした。

中には魔法が効かない魔物がいて、そういう魔物に対しての適した戦い方をお爺ちゃんから習った。

そして、ご主人様が領地経営で領地に籠もるようになって、二年の歳月が経って、僕はかなり強くなったのだった。

◇　◇　◇

第6話　強いスライムへ・2

「元々かなり強いスライムじゃったが、この二年で更に強くなったな……」

「そうかな〜？」

「お主、自分ではわかってないと思うが。そもそも、スライム族という事を忘れてはおらぬか？　この世界に竜王に膝をつかせたスライムは、お主だけじゃと思うぞ」

数ヵ月前、お爺ちゃんから腕試しをしようと言われて、僕はご主人様が戦った事のある竜王さんと戦った。

結果は僕の負けだったけど、その時に僕は竜王さんをギリギリまで追いつめて、膝をつかせる事ができた。

「あれはまぐれだよ〜。竜王さん、まだ元気だったし」

「確かにあやつは少し舐めていたが、じゃとしても、お主が竜王を追いつめたのは間違いないからな。十分強くなったと思うぞ、そろそろ主であるアキトに、その力を見せつけたらどうじゃ？」

お爺ちゃんのその提案に、僕は少しだけ悩んだ。

確かにお爺ちゃんの言う通り、僕が強くなっていたとして、主に力を見せたところで喜んでくれるだろうか？

「お主は別に心配せんでも良いと思うぞ？　この間クロガネと会ったが、二年修業していたあやつよりも、断然お主の方が強いからのう」

「えっ、クロガネ君に会ったの？」

「うむ。そろそろあやつも帰ってくるみたいだし、丁度いいからクロガネ相手に力を見せつけたらどうだ？」

◇　◇　◇

お爺ちゃんからそう言われてから数日後。

ご主人様は、クロガネ君とレオンさんの事で悩んでいた。どうやら、二人の相手候補がいなくて困ってるみたい。

そうだ！　ここで僕の力があれば、ご主人様の役に立てるぞ！

そう思った僕は、悩んでるご主人様に向かって、「僕が二人と戦うよ」と体で表現した。

「ライム。流石にお前があの二人と戦えるとは思えないぞ？」

「大丈夫だよ！　戦える！」

僕の事を心配してくれるご主人様に対し、僕は更にやる気だとアピールした。

そうして僕のアピールが効いたのか、ご主人様は試しに戦わせてくれる事になった。

「よ～し、ここでレオンさん達に勝てば、ご主人様の役に立てるぞ！」

そう僕は意気込み、最初はまずレオンさんと戦う事になった。

「アキト。流石に殺さない程度で抑えた方が良いよな？」

「ああ、殺すなよ？　ライムは大事な仲間だからな」

ご主人様もレオンさんも、まだ僕が弱くてすぐに倒れると思っているみたいだ。

おかしいな〜。二年前に迷宮で少しだけご主人様を驚かせてたから、少しは強いと思ってくれてると思ってたのに……

いや、でもここでちゃんと強さを証明したらいいんだ！

落ち込みかけていた僕はそう思い、レオンさんとの戦いに挑んだ。

「ふふ〜ん。そんな魔法は僕には効かないよ！」

レオンさんは得意の魔法で僕に攻撃を仕掛けてきたが、僕は【魔法耐性】のスキルを持っている。

この二年間でそのスキルもかなり強くなっていて、竜王さんのブレスも耐えるほどに強くなっている。

「何⁉　抑えてるとはいえ、俺の魔法を無傷で耐えただと⁉」

「驚くには早いよ！　そ〜れ」

「ッ！」

僕が魔法を耐えきった事に驚いたレオンさんに対し、この二年間で特に訓練した【分裂】からの魔法攻撃を行った。

更にそこに【空間魔法】も加えて、色んな角度からレオンさんに魔法を放ち続ける。

流石、ご主人様の奴隷さんの中でもトップクラスの魔法の使い手なだけあって、僕の攻撃に対してかなり持ちこたえている。

「ふふ～ん、このまま追い込んじゃうよ！」

防戦一方となったレオンさんに対して、僕は更に分裂して魔法を放ち続けた。


そうして、僕とレオンさんの戦いは僕の勝利となった。

「まさか、スライムに負けるなんて……」

レオンさんは僕に負けた事がショックだったのか、放心状態となっていた。

次にクロガネ君との戦いになったが、クロガネ君は物理系の攻撃主体の戦い方をしてくる。

「物理攻撃は僕には効かないよ～」

「くそッ！　物理攻撃が効かないとか、反則だろ！」

「種族の能力だから仕方ないよ～」

物理が効かない僕に対し、同じ魔物であるクロガネ君は怒りながら攻撃を続ける。

何だかこのまま続けていたら、ご主人様から怒られそうだなと思い、クロガネ君には悪いけど、ちょっとだけ本気を出して、戦いを終わらせた。

ご主人様は僕がレオンさんに勝ち、クロガネ君に圧勝した姿を見て凄く驚いていた。

「えへへ～、ご主人様の役にも立てたし、ご主人様も驚かせられた～」

驚くご主人様の顔を見られた僕は、嬉しく思って、ご主人様の頭の上に移動してぴょんぴょんと跳びはねた。

その後、ご主人様から、クロガネ君とレオンさんの模擬試合の相手になってほしいと頼まれた。

勿論、僕はその頼みを引き受けて、それからクロガネ君達と戦う日々を送る事になった。

第7話　最強の部下？

ライムが強くなっていて、クロガネとレオンをボコボコにした日から数日が経った。

あれからライムにクロガネ達は毎日挑み、敗北を積み重ねている。

正直ライムがあそこまで強いとは俺も思ってなかったし、俺の代わりに面倒を見ていたアリスやクロネも驚いていた。

「まさかライムちゃんが強いとは思わなかったな〜。クロガネ君とレオンさん、全く勝てそうにないもんね」

「ああ、多分だけど今の俺の部下の中で一番強いかもしれないよ。シャルルも大分現役から離れて勘を失ってるだろうしな」

「おっと、主とはいえその発言は許せませんよ」

「うわっ⁉　ビックリした……突然現れるなよ。シャルル」

急に俺の背後に現れたシャルルに対し、俺は驚き、そう注意をした。

「いや〜、本当はちゃんと扉から入ろうと思ってたんですけど、何やら私の悪口が聞こえてきまして」

「悪口は言ってないだろ。現役を引退してもう二年が経つ。勘も鈍ってきたんじゃないか？」

「おやおや、主は私の力を舐めていませんか？　先ほど、ライム君が部下の中で一番強いと言ってましたが、今一度私の実力を確認いたしますか？」

「いや、やめとけってマジで。お前ここ数日、用事でいなかったから知らないと思うけど、ライムの奴、マジで強くなってるんだよ」

真顔で言うシャルルに俺はそう言ったが、シャルルは俺の言葉を拒否し、「ライム君と戦う」と言って出ていった。

「まあ、今のはアキト君が悪いと思うよ」

「いや、それはそうだけど……」

それから少し経った後、「シャルルとライムが戦う」という報告が来たので、この戦いを引き起こしたのは俺だし、戦いを見に行く事にした。

◇　◇　◇

「ライム君、君が強くなったという話は聞きました。お手合わせお願いできますか？」

そうシャルルがライムに聞くと、ライムは嬉しそうにぴょんぴょんと跳びはねた。

そして、試合の審判はジルが行い、試合開始の合図を鳴らした。

「はやッ！」

先手はまずシャルルが動き、目にも止まらぬ速さでライムへと接近して短剣で切りつけた。

シャルルの短剣により体に切れ目が入ったライムは、そのまま体を分裂させて左右に飛び、魔法をシャルルに向かって放った。

しかし、シャルルはその魔法をいとも簡単に避けると、再びライムへと切りかかる。

俺はポツリと呟く。

「ライムの【物理無効】と【分裂】がなかったら、シャルルの圧勝だった気がするな……あいつに力が衰えてるとか、今後は言わないようにしよう」

正直、二年前の影から引退させた時よりも何か強くなってる気がする。

もしかして、シャルルも俺が見てないところで強くなってたりするのか？

基本、奴隷達は自由にさせているが、自由にさせすぎて、色々と把握ができてなさそうな気がしてきたな。

また今度、全員呼び出して確認した方が良いかもな……

そんな事を考えながら、ライム対シャルルの戦いを見ていると、シャルルの動きが更に変わった。

「ライム君、君のその再生能力は凄いですね。それに【分裂】も。今の私の攻撃じゃ効きそうにありませんね」

シャルルはそう言いながら短剣を数本更に取り出すと、指と指の間に挟み、その短剣に魔力を纏《まと》わせた。

「さあ、行きますよ。ライム君ッ！」

そう叫んだシャルルは、魔力を帯びた短剣を分裂体のライムに向かって放った。

ライムは、その攻撃がどれほどなのか、あえて分裂体を使って測ってみようとしたのだろう。

シャルルの攻撃は、分裂体に命中した。

次の瞬間、ライムの分裂体に刺さった短剣の刃先部分から魔力が放出されて、ビリビリッと電気が発生する。

「ふふっ、どうですか？　私がよく使っていた技ですが、あの再生能力が異常に高い分裂体を消し飛ばしてあげましたよ？」

分裂体の一匹を倒したシャルルはライムをそう煽ると、ライムは更に分裂体を増やしてシャルルを取り囲んだ。

「数を増やしたところで意味はないですよ？」

しかし、その増やした分裂体に対し、シャルルは魔力で操り投げた短剣を手元に戻しては投げて、倒し続けた。

「あれほど、ちやほやされていた者がこんなに単調な攻撃を続けるだろうか……」

シャルルは何やら違和感を覚えて、パッと頭上を確認した。

すると、そこにはライムの分裂体が集まっていて、シャルルに向かって魔法を放った。

「ッ！」

シャルルは魔法の発射二秒前にその存在に気づき、全力で回避に専念した。

そしてシャルルは無数の魔法を避け続けつつ、頭上に浮いてるライムの分裂体に向かって短剣を投げ続けた。やがてその分裂体は短剣が直撃して消えた。

そんな風にして互いに一歩も譲らない戦いが続き、徐々にだがライムがシャルルを押し始めた。

シャルルの身体能力の高さはライムも知っていて、それをライムは分裂体を上手く使い、その差を埋めている。

「ライムって、強くなっただけじゃなくて戦い方も凄く上手になったよね」

「確かに、クロネが言うように、二年前の迷宮の時よりも、動きが洗練されてる気がするな……俺が知らないところでかなり訓練をしていたみたいだな」

特に格上との戦いを経験してきたのか、シャルルの動きに対して一切焦りを感じない。

それからシャルルとライムの戦いは、どちらも一歩も譲らず一時間ほど続いた。

「ってか、あのシャルルとあそこまで戦えるなんてやっぱりライムはおかしいでしょ……」

「うん。元は普通のスライムだったんだけどな……」

まあ、最初出会った時からおかしくて、自分から仲間になるほど、知能はある程度あったが、だとしてもあの強さは異常だろ。

その後、戦いはまだ続くと思われたが、シャルルがライムの動きを追えなくなった一瞬に、ライムの攻撃が直撃。シャルルは致命傷を食らった。

「試合終了です！　勝者、ライムッ！」

この試合は、致命傷となる傷を負ったら負けというルール。

正直、〝物理無効、魔法耐性、再生〟の三段構えのライムに対して、このルールは酷いだろと思った。しかし、「これはこの地で戦う者達のルールで、特別に変えるのは負けを認めたも同然だ」とシャルルが言ったため、このルールで行った。

「シャルル、お疲れ様。勘が鈍ってるだろうって言ったのは取り消すよ」

「はは、ありがとうございます。まあ、ライム君には負けてしまいましたがね……凄い力ですよ。まさか、私がスライムに負ける日が来るとは思いもしませんでした」

「それ、レオン達も言ってたよ」

シャルルに回復薬を渡しながら俺はそう言い、観客に向かって楽しそうにぴょんぴょん跳ねるライムを掴んだ。

「ライム。お前、いつからこんなに強くなったんだ？」

「～」

「こらっ、はぐらかすんじゃない」

ライムは俺の言葉にプルプルと震えるだけだった。

第8話　家族旅行 in 別荘・1

その後、シャルルを連れて家に戻ってきた俺は、〝頼んでいた内容〟について聞く事にした。

「それで、向こうの開発はどんな感じだ？」

「はい。先日、無事に完成しました」

「そうか、ようやく完成したか」

シャルルに任せていた事。

それは——獣人国からいただいた島の開発、である。

二年前、獣人国に遊びに行く際に見つけた島で、良い場所だなと思った俺は、海域的に獣人国の島だったため、獣王にその事を話した。すると、獣王は特にその島には興味がなかったらしく、俺に権利を渡してくれた。それにより、俺は二年前からその島の開発を進めていたのだが……この度、無事に完成した事をシャルルから報告されたというわけである。

「どんな感じか、映像はあるか？」

「はい。撮ってきております」

シャルルはそう言うと、映像用の魔道具を机に置き、映像を流してくれた。

「へ～、良い感じに造られてるな。前に見た時よりもかなり良くなってるよ」

「前回、アキト様からご指摘いただいた部分についても修正しておりますのでご確認ください」

シャルルはそう言うと、画像の場面を切り替えた。

続いて映像に映し出されたのは、宿泊施設の浴場部分だった。

前回見た時に、海の見える位置に窓があったが、景色的に変えた方が良いと思い指摘していたのだ。

「うん。やっぱり、この方が景色はいいな」

「はい。アキト様のご指摘があったおかげで、より素晴らしいお風呂を造る事ができました」

「いや、作業をしてくれたのは、シャルル達だからな。本当に感謝してるよ」

俺は、シャルルに労《ねぎら》いの言葉をかけたのだった。

続いて、クロネを呼び出す。

「なに、ご主人様？」

「シャルルから別荘地の作業が終わったって報告をされた。それで完成を記念して、家族を連れて旅行に行こうと思う」

「そうなのね。まあ、ここ暫くは仕事続きだったし、いいんじゃない？　でも家族旅行に行くなら、何で私にそれを言うの？」

「お前は俺の秘書だろ？　伝えるのは当然だし、俺がいない間はお前に俺の仕事を任すつもりだからな」

そう言うと、クロネは「えっ、ちょっと待ってよ」と慌て出した。

「ご主人様の仕事を私に任せるって、どういう事よ？」

「そのまんまだよ。領地はお前に数日間任せる。俺の横でずっと仕事を見てきたから、一番の適任だろ？」

「適任だろ？　って、そうじゃないわよ！　確かに秘書として仕事は見てきたけど、それで任せられるっておかしいでしょ。任せるなら、レント達に任せたらいいじゃない」

「あいつらには他の仕事があるからな、これ以上は増やせん。だけど、クロネは俺の仕事を手伝う以外は、他に仕事を振ってないだろ？」

俺の言葉を聞いたクロネは、ハッと何か気づいた様子で俺の顔を見てきた。

「まさか、この二年間私を秘書として扱って他の雑用とかを別の人に任せてたのは、こういう時のためだったの!?」

「よく気づいたな。いずれこういう日が来ると思って、それに備えて、俺の代役を任せられる奴を育てておこうと思ったんだよ」

「それで、何でよりによって私なのよ！　他にもできそうな人はいるでしょ！」

「勉強熱心なのはお前が一番だからな。それに何だかんだ言って、一番信頼してるのもクロネだからな」

本音でそう言うと、クロネは恥ずかしそうな顔をして「そ、そんな事を言ってはぐらかさないでよ」と言った。

「別にはぐらかしてるんじゃなくて、俺の部下の中で一番信頼してるのはお前だぞ？　シャルルやレオン、他の奴らも信頼はしてるけど、一番最初の奴隷で尚且《なおかつ》つ、今まで色んな頼み事を嫌々ながらも受けてくれたからな」

「それは、奴隷だから当然でしょ……」

「それに、お前とは上下関係を感じず、言い合いができるってのも大きなポイントだな。レオンもそこは同じだが……あいつはこういう仕事に向いてないからな」

レオンも優秀ではあるが、事務作業は向かない男だ。

「ん～、もう！　どうせなら、それ決めた時に言ってほしかったわよ。何でいきなり言うのよ……」

「決定してからでないと、お前は、他の奴に押しつけようとするからな。それに、昔みたいにすぐに逃げないって事は、自分でもできそうな範囲だと思ってるだろ？」

「……はあ、もうわかったわよ。どうせ、逃げようとしても無駄なんでしょ？」

「諦めが早くなって助かるよ」

俺はそう言って、笑みを浮かべるのだった。

◇　◇　◇

その後、俺は旅行の計画を進めるため、実家に顔を出して、父さん達に話をした。

「家族旅行か……確かに、ここ最近は行けてなかったな」

「そうね〜。久しぶりに家族旅行、いいわね」

父さんと母さんは旅行に乗り気で、兄さんも「絶対に行く」と言ってくれた。

「そういえば、姉さんって最近こっちに帰ってきてる？」

「丁度今日こっちに帰ってくる予定だ。ほら、学園は長期休みに入るから」

確かに、そろそろ学園は夏休みの季節に入るな。

「それは丁度良かった。それなら、旅行についての具体的な話は姉さんが帰ってきてからにしようか」

「そうだな。それが良いだろう」

父さん達も、姉さんが帰ってきてからの話し合いに賛成してくれた。それから俺達は姉さんが帰ってくるのを待つ事にした。

その後、姉さんが帰ってくるまで雑談をしていると、姉さんが帰ってきたという報告を受けた。

俺達は一緒に城の玄関まで姉さんを迎えに行く。

「おかえり、姉さん」

「あれ、アキト？　何でいるの!?」

姉さんは俺を見るなり驚くと、駆け寄ってきてそのまま抱きついてきた。

大人に成長した姉さんだが、こんなところはまだ子供のままだ。

「ちょっと、話があってね。姉さんも疲れてると思うけど、今から大丈夫か？」

「勿論、良いわよ」

姉さんは俺に抱きついたままそう言うと、それから俺達はリビングに移動して、家族旅行についての話し合いをする事にした。


「まず、場所についてだけど。今は教えられない。ヒントを出すと、これまでの旅行先で一番いい場所に行く予定だよ」

「今まで一番って、アキトがそう言うって事は相当な所だな」

「何だかその言葉だけで楽しみだよ」

父さんと兄さんは、俺の言葉に目をキラキラさせながら言った。

そして母さんも「アキトがそう言うって事は、本当に良い所みたいね」と楽しげな雰囲気で言う。

「行き先についてはは行ってからのお楽しみなんだけど、その前に皆の予定を聞いて、行ける日を調整しないといけないから。この日は絶対に無理って日はある？」

「私は二週間後には学園に戻らないと駄目だから、それまでの期間だったらいつでも大丈夫よ」

最初に予定を口にしたのは、姉さんだ。

意外にも二週間と長めの空き期間に、「これだったら皆と予定を合わせられそうだな」と俺は思った。

「それで言うと、父さん、今度の会議が明後日にあるよね？」

「ああ、明後日は会議があるから今日明日は絶対に無理だな。それからは会議の予定も暫くはないな」

次に予定を口にしたのは、多忙な兄さんと父さんだ。

明後日の会議さえ乗りきれば暫くは会議もないため、仕事を早く片付けたら行けるらしい。

「私は特に予定はないわね。お茶会の頻度も、最近お肉がついてきて減らしてたから、予定はないわ」

王妃という立場上、何だかんだ色んな人と付き合いのある母さんも特に予定はないとの事。

それから婆ちゃんと爺ちゃん、ミリア義姉さんも特に予定はなく、父さん達の明後日の会議さえ乗りきれれば旅行に行ける事が確定した。

「父さん達の仕事は、本当にそれだけ？　行けるって確定？」

不安に思って父さん達に聞くと、「今のところは」と言葉を返してきた。

父さんは続ける。

「だが、もし仕事があったとしても、家族との旅行を優先する。数日間いなくても仕事は回るように多くの者達を雇っているんだからな」

「まあ、俺もそんな感じだからね。クロネに全部投げて行く予定だから」

そうして旅行に行く事は確定したので、絶対に必要な物だけ伝えて、俺は帰宅したのだった。


帰宅後、アリスにも旅行について話をした。

「旅行！　ずっと行けてなかったけど、行けるようになったの？」

「うん。大分領地も落ち着いてきたし、シャルルに任せていた島の開発も終わったからね。お披露《ひろ》目《め》も兼ねて、家族旅行に行こうと思ったんだ。アリスも来れるよね？」

「うん！　私、そんな旅行に行けなくなるみたいな、予定とかないから大丈夫だよ」

「それは良かった」

そうしてアリスの参加も決まり、俺達は旅行に行く準備を進める事にした。

◇　◇　◇

「ちょっと、ご主人様！　旅行に行くまではちゃんと真面目に働いてよ！」

翌日、旅行が楽しみな俺は仕事に集中できておらず、クロネから注意をされた。

「いやだって、久しぶりの旅行だから楽しみなんだよ。仕方ないだろ？」

「それはそれよ。でも、ご主人様が溜めれば溜めるほど、私がする仕事が増えるのよ！　旅行に行くまでは、休み時間も少なくして沢山仕事をしてもらうわよ！」

クロネは真顔でそう詰め寄ってきた。

これは下手に逃げたりしたら後が怖いな……と思い、それから俺は真面目に仕事に取りかかったのだった。


「なあ、アキト。昨日から、クロネが機嫌が悪いけど何かあったのか？」

丁度、クロネが外に出たので少しだけ休憩をしていると、レオンが俺の仕事部屋にやって来てそんな事を聞いてきた。

「今度、俺の家族で旅行に行くんだが。俺がいない間は、クロネに俺の代わりに働いてもらう事にしたんだよ。それで、ピリついてるんだ」

「なるほどな。ただでさえ秘書の仕事で手いっぱいの中、アキトの仕事も重ねられて爆発寸前って事か……暫くは俺も修業には行かず、クロネの相手をした方が身のためだな」

「まあ、俺もできると思ってクロネに任せてるが、もしもあいつが無理そうならお前も手伝ってやれよ？」

「わかってる。俺はクロネの夫だからな」

レオンはそう言うと、クロネが戻ってくる前に転移で消えた。

念のため、俺はレオンの魔力を消しておき、休憩を終わりにして仕事を再開した。

第9話　家族旅行 in 別荘・2

そんな日々が数日続き、旅行日となった。

「それじゃ、クロネ。後の事は任せたよ。何かあったら連絡を寄こしても良いけど、大した事じゃなかったら連絡を寄こすなよ」

「邪魔してやりたい気持ちはあるけど、折角の家族旅行だから邪魔しないでおくわね。ただ、帰ってきたら覚えてなさいよ？　私の味わった大変さの倍以上返すからね」

クロネは笑顔でそう言った。

その後、俺はアリスを連れて王城へ、父さん達を迎えに行った。

王城では既に父さん達は準備を終わらせていて俺が来るのを待っていた。

「もしかして、待たせた感じ？」

「ううん。さっき揃ったばかりだから大丈夫だよ」

「それなら良かった。それじゃ、旅行先に連れていくよ」

俺はそう言って、別荘地へ転移で皆を連れて移動した。

◇　◇　◇

別荘地に移動してくると、家族は景色に感動していた。

「ようこそ、俺の別荘地へ」

俺は皆に言って、早速この別荘地の紹介を始めた。

まずは海からすぐの場所に建てた建物——俺達が寝泊りするホテルへ案内する。

「外から確認できたが、この建物は何階建てなんだ？」

「三十階建てだよ。下の方の階は遊び場とかになってて、宿泊できる部屋は十一階からになってるんだ」

「遊び場だけで十階も……というか、よく三十階建ての建物を造れたな？」

「まあ、そこは俺の部下が頑張ってくれたんだ」

この世界で三十階建ての建物は多分、この別荘地のホテルだけだろう。建築系の知識を持つ転生者を何人か見つけた事で、このホテルは実現できた。

転生者がいなければ、十階建てくらいで諦めていたと思う。

「とりあえず、部屋は後で見せるとして、施設を紹介していくね」

そう言って俺は、皆にホテルの中にある施設の紹介を始めた。


一階は受付兼交流の場として、ソファーが置かれていて、談笑ができるような感じになっている。

続いて二階。

ここにはカフェがあって、寛《くつろ》ぎのスペースとなっている。二階の半分は吹き抜けとなっていて、一階からエスカレーターで行き来できる。

「この動く階段は、どういう仕組みなんだ？」

「秘密。まあ、もし王城にも欲しいなら、依頼してくれたら改築しに行くよ」

「考えておく……」

父さんはエスカレーターに興味を示していた。母さん達も「これは便利ね」と興味を抱いているみたいだな。

それから俺は皆を連れて、三階へ案内した。

三階より上は、このホテルに宿泊する人だけしか入る事ができないように、エレベーターで移動する仕組みとなっている。

緊急時用に階段は全階層に設置してあるが……まあ、よほどの事がない限り使えないよう、施錠してある。

「ここはレストランになってる。一応、朝・晩はここでご飯が用意されてて、その他の時間にも、あっちの食券を購入して作ってもらう事はできるよ」

「この階丸々、食事スペースにしてるって事か。相当凄い造りだね……」

驚く兄さんに俺は言う。

「別荘地とは言ってるけど、今後は、家族関係や俺の部下達にも使わせる予定だから、これくらいの広さはあった方が良いと思ってね。他人にはこの別荘地は使わせないけど、知り合いにまでなら来ても良い事にするつもりだしね」

一応今回は、家族旅行兼完成記念という事で、俺達だけしかこのホテルは使用してない。だが、今後は関係者には使わせる予定ではある。

その後、他の階層も全て案内し終わり、一旦ロビーへと戻ってきた。

「一応、全員分の個室を用意してあるけど、どうする？」

「儂達は一緒で良いぞ、なあリアナ？」

「そうね。これだけの施設なら、お部屋も広そうだから一人だと寂しい気持ちになりそうね」

爺ちゃんと婆ちゃんがそう言うと、父さんと母さんも同じ部屋、兄さんとミリア義姉さんも一緒の部屋に泊まる事になった。

姉さんが悲しそうに言う。

「これって、私だけ一人になる感じじゃない？」

「姉さんさえ良かったら、俺達と一緒に泊まる？　アリスも姉さんと一緒でも大丈夫だろ？」

「私は大丈夫ですよ」

「いいの？　なら、アキト達と一緒に泊まる〜」

姉さんは、俺と一緒に泊まれる事になって笑顔になるのだった。


それから、それぞれの部屋の鍵を受け取り、最上階に移動した。

最上階には十部屋しかなく、一部屋に数十人は泊れる。

「アキト。もっと普通の部屋の方が良いんだぞ？」

「別に王族なら、この程度は慣れてるでしょ？」

これで平民とかちょっとした金持ち程度の貴族とかなら話は別だが、一応俺達はれっきとした王族だからな。「多少広い部屋には慣れてるが……あまりにも造りが良すぎるだろ。王城よりも良いんじゃないか？」

「まあ、何年もかけて造ったからね」

皆を代表して意見を言った父さんに俺はそう言った。

それから夕食までは自由時間として、まずはそれぞれの部屋に一旦入ってもらう事になった。

俺とアリスと一緒に部屋に入った姉さんが言う。

「何だか本当に凄い部屋ね。アキトの部下って奴隷の人達が沢山いるけど、そういう人達が作ったの？」

「うん。建築系の奴隷や部下達を集めて、この別荘地の建設を進めていたんだよ」

「凄いわね、本当に。この部屋もそうだけど、この建物自体見た事もない造りで、何度も驚かされたわ」

それから俺は、姉さんとアリスに「少し小腹が空いたから一緒にレストランに行かないか？」と誘った。

すると、二人も丁度お腹が空いていたみたいで一緒に行く事になった。

レストランにやって来た俺達は、それぞれ好きな食事の食券を購入して、料理人に頼んでから席に座った。

◇　◇　◇

勿論今は誰もいないため、景色を堪能できる窓際の席だ。

「凄い綺麗～。海辺のホテルも景色は良いけど、ここは比べ物にならないね」

「本当にそうですね～」

姉さんとアリスは、窓から見える景色を見ながらそう言った。

「このホテル。景色に関して言えば、大陸にあるどのホテルよりも最高だと思うよ。夕方の景色はもっと良いから、夕食の時間、楽しみにしてて」

「アキトがそこまで言うって事は、本当に凄そうね」

「見過ごさないようにしないといけませんね」


少し話していると、席に食事が運ばれてきた。

昼食は、俺はオムライス、アリスは焼き魚定食、姉さんは焼肉定食とそれぞれ別々だ。

「「美味しい！」」

アリスと姉さんは一口食べ、同時に嬉しそうな顔をしながら言った。

「ねえ、アキト。あの値段でここまで美味しい焼肉定食が食べられるって、大丈夫なの？」

「大丈夫だよ。料理人の質は確かに良いけど、食材とかはちゃんと元は取れてるようにしてるからね。まあ、そもそもここに来られるのは限られた人で、そういった人達に対して儲けようとは思ってないよ。他でたんまり稼いでるからね」

「確かにアキトの名前、王都でも色んな所で目にするもんね。この数年で大分色々と変わったのも、アキトの力のおかげだよね」

「部下達のおかげだよ。俺は環境を用意しただけだからね」

姉さんの言葉に俺はそう言って、俺達は食事を堪能した。

◇◇◇

その後、「少しだけ海が見たい」と姉さんが言ったので、海辺へと移動してきた。

すると、既にこっちに来ていたのか、父さん達や兄さん達が楽しそうに遊んでる姿があった。

「あれ、お父さん達って、水着持ってきてたの？」

「お〜、アキト達も来たのか。水着なら、向こうで借りられるみたいだぞ」

姉さんの質問に父さんはそう答えた。

俺は、姉さんを海のグッズを貸し出してる所へ案内した。

「ここは色んな水着や海で遊べる道具を貸し出してる場所だよ。急に海で遊びたいって思っても、水着の準備してないとかなったら遊べないでしょ？　そういう時のために用意してるんだよ」

「本当にここって、色々と凄い場所ね」

姉さんはそう言った後、アリスと一緒に水着を選びに行った。

俺も自分の水着を選んで着替えた。

それから俺達は父さん達と合流して、夕方まで一緒に遊ぶ事にしたのだった。

◇　◇　◇

そして夕食の時間となったのだが、海で遊んで汚れたため、先に風呂に入る事にした。

風呂は室内風呂とは別に露天風呂もある。

そこからの景色も最高に良い。

「本当に何から何まで最高だな……暫くここで暮らしたいほどだ……」

「いや、父さん、暫くはここで暮らすんだよ？　そのために仕事を頑張ってきたじゃない」

「ああ、そうだった。数日間もこんな寛げる場所で過ごせるなんて、本当にアキトがいて良かったよ……」

父さんと兄さんは、露天風呂にある寝湯《ねゆ》に入りながら、表情がとろけきった状態でそう言った。

ちなみに爺ちゃんは、サウナに興味があったみたいで、入り方を説明すると、楽しそうに自分を追い込んでいた。

「夕食はビュッフェスタイルだから、好きな物を取って好きな席で食べていいよ」

そんなわけで、楽しい夕食の時間となった。

普段のパーティーとかでもこんな感じの食事をしているが、その際は父さん達は、あまり食事に集中したりはしない。食事はついでみたいなものだからな。

だけど今は、父さん達は色んな料理を取って、窓際の席に座って、食事だけに集中して、楽しそうに食べていた。

「珍しいね。父さん達がこんなに食事に夢中になるなんて」

「そりゃ、ここには貴族もいないし……何よりここの食事は凄く美味しいからね。勿論、王城の料理人の食事も美味しいけど、ここの料理は食べた事のない物が沢山あって、食べてみたいって感情が勝っちゃったんだよね」

「私も同じね。今まで色んな料理を食べたけど、ここで出されてる料理の半分以上は知らない物ばかりね」

父さんと母さんはそう言うと、「次は別のを食べてみよう」と言って料理を取りに行った。

二人が行った後、他のみんなの様子も見に行ったが、全員楽しそうにしていてビュッフェスタイルにして良かったと思った。

それから俺達は、数日間ここでの暮らしを満喫した。

◇　◇　◇

帰り際、案の定というべきか、父さんと兄さんは「王城に帰りたくない！」と駄々をこねていたが、問答無用《もんどうむよう》で王城へと送り届けた。

「別にもう行けないってわけじゃないんだから！　暇ができたら行ってもいいからさ。くれぐれも、仕事を放って行ったら駄目だからね？　そうしたら暫く出禁にするから」

一応、父さん達に忠告をして、俺はアリスを連れて数日振りに帰宅したのだった。

第10話　新しい命の芽生《めば》え

家族旅行から半年ほど経過した。

あの旅行の後、部下達や知り合いに別荘地の事を話して、使用許可を出した。

使用を許可する条件としては、〝俺が許可を出した者が、連れていく者までなら良い〟が、それ以上の者達に対しては使用禁止とした。

正直あそこまで良い場所だと、変な輩《やから》が入り込みかねないからな。折角の別荘地なのに気分が悪くなってしまう。

そんな事態を避けるために、顔見知りだけしか駄目だという事は重点的に伝えておいた。

そのおかげか、今のところ問題もなく、皆それぞれ楽しんでいると報告が来ている。

「ってか、作った本人である俺がまだ数回しか行けてないのは問題だと思うんだが？」

「それは仕方ないでしょ。また、移住者が増え始めたんだから」

そう。あの別荘地の噂が世界に出回った事で、移住者がまた増えたのだ。

そんなわけで、人手が足りない所は足りなくなっているため、一気に来られるとこっちの体力が削《そ》がれる一方……という感じになっている。

「爺ちゃんとかはもう何度も行ってるらしいな……婆ちゃんが物凄く気に入ったみたいで、『余生はあそこで過ごしても良い』って言ってるほどだからな」

「まあ、そうでしょうね。別荘地とか言いながら、普通に商店街やら色んな施設も作ってあるから、一つの街として扱っても良いレベルだもの」

「いや～、あれもこれも欲しいと思ったら、いつの間にか、あそこまで大きくなってたんだよな……それに開放した後、やっぱりこんな施設も欲しいなって思って、また増やしたからな」

「今の部下達の職場人気だと、あの別荘地が一位みたいよ？」

それはそうだろうな。従業員は、ホテルに住み込みだし。

「一番最初に、別荘地の仕事に参加しておけば良かったって、後悔してる人もいたみたいよ？」

「まあ、そこに関しては、シャルルに全部任せていたからな」

シャルルは別荘地の計画が重要だとわかると、「自分に任せてほしい」と頼んできた。

その頃、俺も仕事で忙しくて別荘地の事を考える暇もなかったため、その申し出をありがたく受け取り、全部シャルルに任せていた。

そんなわけで、別荘地の人事に関して俺は疎いんだよな。

「まあ、今もシャルルが必要としてる場所に関しては声かけしてるみたいだし、別荘地で働きたい奴がいるなら、今の働いてる場所で有能だと思わせるのが一番の近道だと思うな」

「それはそうね。シャルルがどういう基準で選んでるかわからないけど、少なくとも有能じゃないとあの職場には誘わないでしょうね。私も家族で泊まりに行ったけど、本当に凄く良かったものね……本当はもっといたかったけど、誰かさんが態々《わざわざ》迎えに来たものね……」

「ちゃんと数日は時間をやっただろ？　あれが限界だったんだよ」

クロネの愚痴《ぐち》に対して、俺はそう言い返しておいた。

その時、部屋の扉をノックする音が聞こえた。

「入っていいぞ」

「失礼します。アキト様、王城からお手紙です」

「実家からの手紙って、大抵いい思い出がないんだが……」

殆どが何かしらの頼み事で、俺の時間が削られてしまい、後々仕事に支障が出てしまう。そんなのばかりだった。

俺は恐る恐る手紙の中を確認する。

中には、驚く事が書かれていた。

「ミリア義姉さんが倒れた？」

ミリア義姉さんが昨日突然倒れたという内容だった。

原因はわからず、兄さんも混乱しているみたいだ。それで俺に助けてもらおうと、とにかく手紙だけは出した、という状況らしい。

「クロネ。悪いが、暫く実家に行かなきゃいけないみたいだ」

「まあ、流石にご主人様の家族が倒れたんなら、話は別ね。いいわよ。こっちは私が何とかしておくから」

「助かるよ。持つべきは優秀な部下だな」

俺はそうクロネに言って、アリスに手紙の内容を伝えてから、実家である王城へと転移で移動した。

◇　◇　◇

城に到着後、俺は近くにいたメイドにミリア義姉さんが休んでる部屋に案内してもらった。

「アキト！」

「アキト君、ごめんね。態々《わざわざ》、私のために来てもらっちゃって」

部屋に入ると、泣きすぎて目が真っ赤の兄さんと、具合が悪そうな義姉さんがいた。

「とりあえず、状態について詳しく聞きたいんだけど……話せます？」

「少しなら、大丈夫よ」

ミリア義姉さんはそう言うと、昨日起きた事について話し始めた。

昨日のお昼頃、昼食を兄さんと一緒に食べたミリア義姉さんは、それから少し庭園で兄さんと過ごしていた。

それまでは特に変な事もなく、いつも通り話していたが、突然ミリア義姉さんは眩暈《めまい》がして、その場に倒れたみたいだ。

お昼まで何も変じゃなくて、一番最初に疑われたのは〝昼食に何か仕込まれた〟とかだったが、特に変な事をされた形跡もなかったらしい。

「そもそも食事は、僕達が食べる前に味見もされる。それはアキトも知ってるだろ？　だから、料理に毒を入れるなんて事はできないし、そもそも一緒に食べてた僕が平気なのもおかしい」

「確かに、王族を狙った暗殺なら、兄さんを狙う方が理解できるね。まあ、次の王妃候補を消そうとしたって線もないわけではないけど……でも、そもそもミリア義姉さんの容態からして、毒って感じでもなさそうだよね」

「うん。そこに関しては既に調べていて、毒じゃない事はわかってるんだ。でも、未だにミリアの体調は戻らなくて……」

兄さんはそう言うと、また涙を流し始めてミリア義姉さんの手を握った。

「とりあえず状況は理解したよ。ここだと詳しく調べる事はできないから、俺の街の病院に連れていってもいい？」

「頼むよ。王城ではどうしようもないから、アキトに任せる」

「了解。それじゃ、ミリア義姉さん、少し転移で移動するね」

「うん。お願い」

◇　◇　◇

エリク兄さんは仕事があるため王城に残して、俺はミリア義姉さんを連れて俺の領地にある一番大きな病院へとやって来た。

病院にいた者達は俺が突然来た事に驚いたが、ミリア義姉さんの容態を伝えるとすぐさま検査を始めた。

俺の街で一番大きなこの病院には、様々な機器を導入している。

異世界とはいえ、病気は怖いからな。

この数年は、病に対する研究所等を建てて研究をさせている他に、検査機器の製作等も進めていた。

「どうだ？　ミリア義姉さんの病気は何かわかったか？」

検査を始めてから一時間経った頃、俺は医者に尋ねた。

「アキト様、ミリア様ですが、ご病気ではありませんでした」

「病気じゃない？　でも、とても苦しそうだったぞ？」

医者の発言に俺が首を傾げてそう言うと、医者は診断結果が書かれた紙を見せてくれた。

そこには、ミリア義姉さんが〝妊娠している〞という事が書かれていた。

「……えっ、マジ？」

「はい。ミリア様ですが、今までご病気になった事がなく、体調の変化に体が違和感を覚えたため、倒れてしまわれたのだと思います」

「なるほどな……それで、ミリア義姉さんは今はどこにいるんだ？」

「はい。まだ初期段階ですが、妊娠をされてるので、そちらの担当から色々と説明を受けております」

　俺は医者からそう聞いて、ひとまず重い病気とかではなかった事に安心した。

　その後、そのまま待っていると、病院に来るまでは不安そうだったミリア義姉さんが笑顔で戻ってきた。

「ミリア義姉さん、おめでとう」

「ありがとう、アキト君。心配かけちゃってごめんね」

　ミリア義姉さんは、俺にそう謝罪した。

「大丈夫ですよ。俺は今日知ったばかりだからいいですけど、兄さんがこの場にいたら、驚きと安心で情緒がおかしくなりそうですね」

「ふふっ、確かにそうなりそうね。仕事だからって、無理に置いてきて正解だったかもしれないね」

「まあ、俺としては重い病気だった場合、少し時間を空けるためにも、兄さんは置いてきたんですけど……まさか、こんな嬉しい報告ができるとは思いませんでした」

　笑みを浮かべながらそう言うと、ミリア義姉さんは「自分では一切わからなかったのに、お医者さんは凄いね」と言った。

「この病院には最新設備を取り揃えて、腕のいい医者も沢山働いてますからね。出産までの間、色々と検査とかもありますから、良かったらこの病院を使ってください。俺から言っておくので」

俺はミリア義姉さんにそう言った。

その後、俺はミリア義姉さんを連れて王城へと戻った。


兄さんはまだ仕事中で、妊娠したという事を報告すると仕事にならないと思い、先に母さんと婆ちゃんに報告する事にした。

「もしかしたらと思っていたけど、ミリアちゃんおめでとう。これから大変だけど、一緒に頑張りましょうね」

「おめでとう。ミリアちゃん、出産まで大変だけど協力するから安心してね」

「エレミア様、リアナ様、ありがとうございます」

母さん達に優しい言葉をかけられたミリア義姉さんは、嬉しそうな表情をしていた。

その後、ミリア義姉さんと母さん達は妊娠についての話を始めて、俺はこの場にいなくてもいいかなと思い、家に帰る事にした。

◇　◇　◇

ミリア義姉さんの妊娠が判明してから数日経った。

判明した日の夜、兄さんにその事が伝えられると、俺とミリア義姉さんが予想していた通りの展開になったらしい。

兄さんは、驚きと安心感から情緒が不安定になったとの事。

父さんのからの手紙には「仕事中に教えなくて良かった」と書かれていた。


「それで、俺は何でまた呼ばれたの？　こっちも仕事で忙しいんだけど……」

「エリクが使い物にならないから、暫くこっちを手伝ってほしいんだ」

「いや、無理だよ。今も少し抜けてくるだけで、クロネから凄い目で見られながら来たんだからさ……」

そんなわけで、俺は王城に呼び出されていた。

呼び出し理由を聞いた俺は、溜息交じりに言う。

「ってか、兄さんはどうしたの？　ミリア義姉さんが妊娠して嬉しいのはわかるけど、仕事をしないって兄さんらしくないけど？」

「……しないんじゃない。使えないんだ」

「ん？」

父さんの言葉に俺は首を傾げると、父さんは「エリクの様子を見に行こう」と言って一緒に部屋を出た。

そして、兄さんのいる部屋の入口をこっそりと開けて中を見る。

兄さんは書類を手に見てはいるが表情がニヤついていて、全く読み進んでいない。

父さんが口を開く。

「妊娠がわかってからあの調子でな。普段ならすぐに終わる仕事に何時間もかけてるんだ……」

「幸せそうな顔をしてるね、兄さん。昔から早く子供が欲しいって言ってたから、相当嬉しいんだろうね」

「嬉しいのはわかる。だが、仕事に支障が出て、こっちとしては大変だ……」

「まあ、子は親に似るってよく言うしね。父さんも兄さんが生まれるってなった時、あんな感じになって相当大変だったって聞いたよ」

俺がそう言うと、父さんは「うぐっ……」と言葉に詰まっていた。

それから俺達は兄さんの部屋に入らず、父さんの部屋に戻ってきた。

「それで兄さんの件はわかったけど、だとしても俺は力を貸せないよ？　昔みたいに俺も暇じゃないからね。最近またこっちの街に人が集まり出してて、アリスとの時間すらも真面《まとも》に作れてないんだから」

「そこを何とか頼む！」

お願いしてくる父さんに「無理だ」と突き返していると、部屋に母さんが入ってきた。

「あなた、外まで聞こえていたわよ。アキトを困らせてるのかしら？」

「あっ、いや、違うんだ。ほら、エリクがあんな状態だからさ、アキトに手伝ってもらおうと思って……」

「アキトが忙しいのはあなたも十分理解してる筈よね？　土地の広さは王族が管理してる方が大きいけど、人の数だけで言えばアキトの領地は王都と変わらないでしょ。それなのにアキトに頼むって、父親として情けないわ」

母さんからボコボコに怒られた父さんは、身を小さくして縮こまった。

俺は苦笑いを浮かべつつ母さんに問う。

「それで、母さんが態々《わざわざ》来たって事は、何か用があるんじゃないの？」

「ええ、王城が全く機能してないのはアキトも今の話で理解したでしょ？　アキトが手伝ってくれたら全て上手くいくけど、それだとアキトの所が大変になるでしょ？」

「間違いなくそうなるね。正直、領地だけでも精いっぱいだけど、最近は別荘に関しての仕事も増えて、助けられそうにはないね」

俺は本音を言った。母さんがどんな事を言うのか待ち構えていると……母さんは驚く内容を口にした。

「アキトの所で、今後王城で働く人の育成をしてほしいの」

「……はい？　王城で雇う人の育成って、何でそれを俺が？」

「アキトの部下達は全員優秀な人達でしょ？　王城も良い人達が揃ってはいるけど、アキトの部下には及ばないわ……」

まあ、確かにここ数年で、俺の部下のレベルは更に上がっている。

その理由としては、各国が羨ましがるほどの技術力と街の魅力があり、色んな所から人が集まってきているからだ。

優秀な人もこの数年で何人も見つけて、人材は沢山増えていた。

「それで、王城で働く者達を、少しの間面倒を見てもらって、王城の設備をもっと使いこなせるようにしてほしいのよ。アキトやアキトの直属の部下が忙しいなら、その設備を教えられる人なら誰でも良いわ。とにかく今よりも良くしてほしいのよ」

母さんのお願いは切実な感じだった。

「う～ん……まあ、その程度ならできなくはないけど……いずれにしても、王城はどうするの？あの状態の兄さんは、使い物にならなそうだけど？」

すると、母さんは笑みを浮かべて言う。

「リアナさんが一時的に公務に復帰してくれるわ」

「婆ちゃんが？　えっ、でもかなりブランクあるよね。大丈夫なの？」

俺がそう聞くと、父さんも同じ気持ちなのか、「母さんが公務から退いてもう何十年も経つよ？」

と焦った様子で尋ねた。

「あなたがもっと頼れるなら、リアナさんに頼まなくても済んだのよ？　全く、エリクも似ちゃ駄目な所をあなたに似ちゃって、これからが心配だわ」

母さんが、父さんをズサッと言葉の刃で斬った。

父さんはガクッとその場に崩れ落ちる。

まあ、でも正直な話、それはそうなんだよな。父さん、子供の頃のやんちゃな時期をもう少し真面目に過ごしていれば、もっと仕事ができる人になっていたかもしれないんだけどな。

「まあ、とりあえず試験的に数人だけ預かってみるよ。でも、その人達を育成するのに全力は注げられないから時間がかかるよ？」

「暫くは私とリアナさんが頑張るから、ある程度育成できたら報告してほしいわ。今は少しでも仕事ができる人間が欲しい状況だもの」

「了解。育成に関しては任せて。全力は注げられないけど、いい先生は用意するつもりだから」

「ありがとう。本当にアキトは、王族の男性で唯一頼れるわ」

最後、母さんは再びグサッと父さんを言葉の刃で傷つけた。

膝をついて倒れていた父さんは、ビクッと反応するだけで反論はしなかった。

ちなみに後から知ったが、爺ちゃんにも母さんは声をかけたらしいが、早々に逃げたらしい。

爺ちゃんらしいと言えばらしいが、だから母さんは〝王族の男性で唯一〟という点を強調していたのだろう。

◇　◇　◇

「……それで、王城から来る者の育成を私にですか？」

「ああ、レントになら任せられるし、王城の人とも多少は面識あるだろ？　クロネとかに任せても良かったんだけど、やっぱり知り合い同士の方が捗《はかど》ると思う」

育成者に任命したのは、俺の部下の中でもシャルルに並んで忠誠心の高い、元ウォルブさんの部下で現俺の家臣の一人、レントだ。

「アキト様にご指名いただけるのは嬉しいのですが、他の者では駄目なのですか？　ネメアも私同様に王城の者達と面識がありますよ？」

レントは自分が任命された事は嬉しい様子だが、若干嫌な様子でもあった。

まあ、何故レントが嫌がってるのか、俺にはわかる。

「レント。ここいらで俺と一旦離れた所で、仕事をするのも良いと思う。レントが俺の事を慕《した》ってついてきてくれてるのは凄く助かる。レントは優秀だから、これから先、任せたい所ももっと増えていくだろう。そのためにも、俺から離れて仕事の経験はしておいた方が良いと思う」

「アキト様……わかりました！　アキト様のお力になるためにも、王城からの依頼、受けさせていただきます」

「ああ、頼んだ。一応、ネメアとリコラにも話はしておくから、もし困ったら二人に協力をしてもらってくれ」

すると、レントは嬉しそうな顔をして部屋を出ていった。


「あの人、仕事でも特に優秀だったのに育成者に任命して良かったの？」

「だからだよ。レントに任せてたら大丈夫だろ？　ちょっと、俺達が忙しくなっちゃうが王城が忙しい原因の大半は俺にあるから、このくらいは耐えないとなって考えたんだよ」

そう俺が言うと、クロネは「ご主人様に付き合わされる私達の事も考えてほしいんだけど……」とジト目で訴えかけられた。

「わかってるよ。落ち着いたら、交代だけど、長めの休暇をやるから別荘で遊んでこい」

その言葉に、クロネも含めこの場にいるメンバー達は「頑張ります！」と元気良く返事をした。

本当に誰に似たのか、現金な奴らだな……

「はぁ、アリスには『暫くまた忙しくなりそう』って伝えないとな……最後にデートに行ったのもかなり前で、寂しい思いをさせてるな……」

「ご主人様と会えないのは寂しいとは感じてるとは思うけど、最近のアリスちゃんは凄く楽しんでると思うわよ？　クロガネとライムの戦いを楽しそうに見てるらしいし」

「それは聞いたよ。あの二人の戦い、『常人の戦いよりも迫力があるから楽しい』ってアリスも言ってたな。俺はまだ一度しか見てないけど、あの二人の戦いが楽しいのは俺にもわかる」

「今じゃ、街の名物にもなってるわ。それを見ようと観光客が増えたかもしれないって噂もあるわね」

クロネのその言葉に、俺は「これ以上は人は増えないでくれ……」と嘆いてしまう。

それから俺は仕事を再開して、今日も夜遅くまで仕事を行った。

第11話　祖父母移住計画

王城の依頼を受けてから、一月ほどが経過した。

正直、俺はレントの有能さの認識を改めさせられる事になった。

王城から、この一ヵ月で送られてきた人の数は十人を超えていたのだが、その全員が今では王城ではトップクラスの仕事をしているらしい。

そんな者達の育成を担当したのが、俺が王城から来る者達の育成を頼んだ、レントだった。

「レントが優秀だと理解していたつもりだが、あいつの優秀さを見誤っていたな……」

「それは私もそう思うわ。仕事ができる人で、いつも沢山の仕事を抱えていたけど、私達が思っていた以上に優秀な人だったみたいね」

クロネとレントの話をしていると、突然家の近くに巨大な魔力を感じた。

「……この魔力は爺ちゃんか？　今日来るような予定はなかったけど、爺ちゃんなら突然来る事はあるか」

その魔力の持ち主が爺ちゃんだとすぐにわかった俺は、そう言いながら玄関に迎えに行った。

「お～、アキト。久しぶりじゃな！」

「うん、久しぶり。それで今日はどうしたの？　突然来る事は珍しくないけど、来る時は大抵何かしら用事があるよね？」

「うむ。それについて、ちょっと長話になってしまうから家の中に入っても良いかの？」

そう爺ちゃんに言われた俺は、爺ちゃんを連れて家の中に入り、部屋に案内した。

「それで話って何？」

「うむ、その前にまずはアリウスから預かってきた手紙じゃ。これは儂の話とは別件で、『アキトが今王城の手伝ってる件について』と言っておった」

「わかった。それなら、後で目を通しておくよ」

俺は爺ちゃんから手紙を受け取って言うと、爺ちゃんは本題を話し始めた。

「実はな、最近エリクにも子供ができたじゃろ？　まだ生まれてはおらんが、生まれてきて王城で暮らすようになると、儂とリアナは邪魔になるんじゃないかなと思ってな」

「いや、そんな事はないと思うけど？　というか、あんなに広い城で暮らしてるのに、邪魔になるとかはないでしょ」

「儂はエルフで、リアナも儂の影響か、普通の人よりも長く生きてしまう。このままだと、エリク達の子供の子供の世代まで、儂らは生きているかもしれないいんじゃ」

「あ～、まあ婆ちゃんが長く生きるかはわからないけど、爺ちゃんは確かにそうだよね。現時点でもかなり長寿《ちょうじゅ》だしね」

爺ちゃんもそうだが、爺ちゃんより下の王族は、全員がかなり長く生きるだろうな。

「だとしても、そんな数十代先までは生きてないだろうから、邪魔にはならないと思うけど……ってか、あれでしょ。そろそろ本格的に隠居《いんきょ》しようとして、のんびりできる場所を作ってほしいってお願いに来たんじゃないの？」

俺はふとある事に気づいて、爺ちゃんにそう言った。

今まで悲しげに話していた爺ちゃんは「ちっ、バレたか」と舌打ちをしながら言う。

「可哀想なお爺ちゃんを演出しようとしたが、アキトには意味がなかったようじゃな……」

「そもそも無理のある話だからね。あんな広い城で邪魔に思われるって、相当な嫌われ者じゃなきゃ。でも、そんな人はあの城にはいないしね。それに、爺ちゃんと婆ちゃんがいなくなる方が、王城にとっては痛手だと思うもん」

爺ちゃんの話には最初から無理があると指摘すると、爺ちゃんは「もう少し話を作るべきじゃった」と謎の反省会をしていた。

「それで結局、俺の言った通り、本格的に隠居するために俺に手伝ってほしいの？」

「うむ。アキト達が大人になったら、隠居生活を楽しもうとリアナと話していてな。そろそろ、良い頃合いじゃろうと準備を始めたんじゃ」

「正直、今は婆ちゃんに王城からいなくなられたら困るとは思うけど……」

「いい場所を見つけたとしても、すぐには出ていかん。ただ用意はしておくつもりじゃ。いつまでも面倒は見られんと、アリウスには以前から言っておるからな」

爺ちゃんはそう言うが……爺ちゃんはどちらかというと、そこまで頼りにされてないような気がする。

その一方で、婆ちゃんは〝王国最強の相談役〟とも言われるほど、色んな人から頼りにされたりしてる。

爺ちゃんは遊び歩いてばかりだからな。

「アキト。何じゃ、その冷めた視線は？」

「いや、何でもないよ。それより、場所の事だよね？　爺ちゃん達には俺も凄くお世話になってるから、良い場所を探してみるけど……何か希望とかある？」

「そうじゃな、楽しめる場所が近くにあるのは嬉しいな」

その後、俺は爺ちゃんから希望となる条件を聞いた。爺ちゃんは「次は婆ちゃんも連れてくる」と言って去っていった。

◇　◇　◇

爺ちゃんが去った後、俺は仕事部屋に戻ってきた。

クロネが尋ねてくる。

「それで、王国最強の魔法使いは何の用で来てたの？」

「隠居場所の相談だよ。兄さんに子供ができたから、そろそろ本格的に隠居する場所を探すために動き出したらしい」

「へ〜、そうなのね。でも、あのお爺ちゃんが静かに隠居するとは思えないんだけど？」

「多分、婆ちゃんのためだと思うよ。今も仕事の手伝いとかしていて疲れてるみたいだから、そういうのから解放させてあげたいんだと思う。何だかんだ爺ちゃんは、婆ちゃんの事が大好きだからね」

自分の楽しい事だけしか考えてないような爺ちゃんだが、婆ちゃんの事だけは第一に考えている。

長い年月一緒に過ごしてるのに、未だに二人の仲は本当に良く、理想的な夫婦だと国中から思われていた。

「それで、ご主人様はそんなお爺ちゃん達のために、今度は何をしでかすつもりなの？」

「しでかすって何だよ？」

「だって、今までも『誰かのため』とか言って、色々と規格外な事をしてたでしょ？　その相手が大事なお爺ちゃんとお婆ちゃんなら、とんでもない事をしでかすんじゃないかと思っただけよ」

「毎回毎回そんな大がかりな事はしないよ。というか、今回の場合はほぼ動かなくても大丈夫だ。以前から、婆ちゃんから『いつかは隠居生活を爺ちゃんと送りたい』っていうのを聞いていてさ、その時から準備は進めていたんだよ」

俺はそう言いながら、クロネにある資料を見せた。

「何、この物件の数は？」

「婆ちゃんと爺ちゃんの趣味嗜好を調査して、その上で隠居生活に合いそうな建物を既に作ってあるんだ。後は、その資料の家に見学に行ってもらって、気に入った所があったら住んでもらう予定だ。まあ、気に入った物がなかった場合は少し考える事になるが……情報は完璧だと思うから、その心配はほぼないだろう」

「本当にご主人様って、こんなにも段取り上手なのに、何でずっと忙しいのかしらね……」

「……俺の予想を上回った仕事量が来るからだよ」

クロネの愚痴に対し、俺は目を逸らしながら言った。

俺だって好きで忙しくしてはない。アリスとのデート時間を削りに削って仕事をしている。

そんな事をしなきゃいけなくなる殆どの理由が――俺の予想を上回った仕事量が俺に降りかかり、その度ごとに俺の時間を総動員して片付けているからだ。

「そういえば、父さんから手紙をもらったんだったな。内容を確認するか」

俺は、爺ちゃんから渡された手紙を取り出し、中身を確認した。

そこにはまず最初に、〝レントが育成した者達が凄く活躍していて、助かっている〟という感謝の文が書かれていた。

「大分、王城の方は安定し出したみたいだな」

「それは良かったじゃない。これで、ご主人様が呼ばれる回数も減るんじゃないの？」

「そうなってくれたら嬉しいけど、さっきの爺ちゃん達の話を聞いたら、爺ちゃんと婆ちゃんの代わりに、俺に何かしら役職を与えられそうな嫌な予感がするんだよな……嫌だ言っても、俺は今は貴族だから、国の命令には従う義務があるからな」

爺ちゃん達の話を聞く前なら楽観的な考えもできたが、あの話を聞いた後だと、嫌な予感がして嬉しく思えない。

それから手紙を読み進めていくと、〝約束通り一ヵ月間で育成期間は終わって良い〟と書かれていた。

「って事は、レントが戻ってくるのね。それは私達としてはありがたいわね」

「そうだな。あいつの実力も今回の件で改めてわかったから、多少は俺達の忙しさも改善できるかもしれないな」

その後、俺は手紙を封筒の中に入れて、仕事を再開したのだった。


「疲れた……」

「アキト君、今日もお疲れ様」

仕事を終え、夕食と風呂を済ませた俺はベッドに横になっていて、頭をアリスの膝の上に乗せ、その俺の頭をアリスは優しく撫でている。

「今日、リオンさんが来てたみたいだけど、何かあったの？」

「爺ちゃんと婆ちゃんの隠居先の手配をお願いされたんだよ。ほら、兄さんに子供ができたからさ、本格的に隠居生活の準備を始めたみたいなんだ」

「前からその話はしてたけど、遂になんだね」

「うん。まあ、隠居しても、婆ちゃんは静かに暮らすだろうが、爺ちゃんは変わらない気がするけどね。いくら婆ちゃんが好きだからと言っても、あの性格だから、大人しく生活するなんてずっとは続かないと思う」

爺ちゃんの性格をよく知る俺は、隠居したとしても、爺ちゃんが大人しくしている未来は想像できなかった。

「それは私もそう思うよ。リオンさんって、戦いが大好きだもんね」

アリスも俺と同じで、爺ちゃんが大人しく隠居するとは思えないと思ってるみたいだ。

二人で爺ちゃんの印象が合ったのでつい笑ってしまう。

それから、俺はアリスと他愛もない話を少しして、今日も一日仕事で疲れているので眠りにつくのだった。

◇◇◇

それから数日後。

事前に婆ちゃんからの連絡があったおかげで、二人との話し合いの時間を設ける事ができた。

「アキト。ごめんなさいね。この間は、リオンが急に来てお願いをしたんでしょ？　アキトは忙しいから、邪魔しちゃ駄目だってあれほど言ったのに」

「大丈夫だよ。爺ちゃんが突然来るのはもう慣れてるから」

「本当にアキトはいい子ね。それに比べてリオンは……」

婆ちゃんはそう言って、爺ちゃんの方を見る。

「そ、その件に関しては謝って許してくれたんじゃ……」

爺ちゃんは婆ちゃんに怒られ、戸惑いながらそう聞いた。

「あれは勝手に行動した事に対して許しただけで、アキトに迷惑をかけた件は別よ。それに、私に謝るんじゃなくて、アキトに謝罪するのが筋でしょ」

「うっ、すまん。アキト！　この間は突然来て、仕事の邪魔をしてしまった！」

婆ちゃんに怒られた爺ちゃんは、慌てた様子で謝罪をしてきた。

〝王国最強の魔法使い〟と言われているが、妻である婆ちゃんには全く敵わないのは本当に不思議だ。

こんな爺ちゃんの姿を知ってるのは、家族と、俺の部下でも数名で、世間が知ったら驚くだろうな……と思う。

「別に俺はそこまで気にしてないよ。爺ちゃんの性格はある程度知ってるからね」

「本当にアキトはいい子ね」

婆ちゃんは、俺が爺ちゃんを許すと、優しく俺の頭を撫でた。


その後、俺達はソファーに座り、今後についての話し合いを始めた。

「まず確認だけど、今回の話は、婆ちゃんと爺ちゃんの隠居生活を送るための拠点について、で合ってる？」

「うん。本当は自分達で探そうと思ってたんだけど、アキトに頼んだら良い所を見つけられそうかなって、この間の別荘を見てそう思ったのよ。でも、ほらアキトは忙しいでしょ？　私達の頼みを聞ける時間があるか心配してたんだけど……リオンが急にアキトにお願いしに行っちゃったのよね」

「なるほど、そういう裏話があったんだ。まあ、俺としては婆ちゃん達に頼ってもらえて嬉しいから、俺に話をしに行こうと思ってくれて嬉しいよ」

俺は婆ちゃんにそう言い、まずはどういう風な隠居場所が良いか、改めて聞いてみた。

「そうね。景色が良い所も良いけど、やっぱり王都でずっと生活をしてきてるから発展してる所が良いかしら？　リオンが転移を使えるから、一瞬で行こうと思えばどこにでも行けるけど、やっぱり家の近くを散歩したりするのも良いでしょ？」

「まあ、確かに婆ちゃんの場合はずっと王都暮らしだから、隠居生活だ〜って言って辺境に引っ込んだら、生活の違いで体調を崩すかもしれないもんね」

「ええ。自分が今まで良い場所で暮らしてきた事は理解してるし、田舎《いなか》暮らしをこの歳から始めるのは多分難しいわ。だから、ある程度は発展した場所が良いわ」

「そこは前に聞いた時から変わってないね。婆ちゃんの意見はわかったけど、爺ちゃんはどうなの？」

意見を出したのは婆ちゃんだけで爺ちゃんはずっと話を聞いていただけだったので、そう尋ねてみた。

「儂はリアナの好きな場所で良い。リアナが良いと思う場所が、儂が暮らしたい場所だからな」

「爺ちゃんが婆ちゃん好きなのはわかってるけど、本当にそれでいいの？」

「うむ、儂の場合は転移でどこにでも行けるからの」

「まあ、確かに。じゃあ、婆ちゃんの意見を聞いて場所を選ぶから、爺ちゃんが後で文句とか言っても聞かないよ？」

そう確認すると、爺ちゃんは「文句は言わん」と言った。

俺はその爺ちゃんの言葉を聞いた後、書類を取り出して、婆ちゃんの意見に合った場所を開いて見せる。

「……アキト。もしかして、この資料の物件って、私達のために用意した場所なの？」

「前から『隠居する』って言ってたでしょ？　ある程度は話を聞いていたから、婆ちゃんが気に入りそうな所に家を建てて用意していたんだ」

「アキトは本当に用意が良いわね……でも、この建物の中から私達が一軒選んだとしても、沢山余るんじゃないの？」

「そこに関しては大丈夫だよ。俺の領地は今も人が集まってきてるから、もし婆ちゃんが全部気に入らないって言っても、それを売りに出したら元は全然取れるからね」

実際、今も家が欲しいと言う人は多くて、新しく住居区を作ったりしている。

だから、婆ちゃんが気に入らなくて余ったとしても、ちょっと値段は高いが物件としては最高だから、買い手はすぐに見つかると俺は考えている。

「王都以上にアキトの所は発展してるというのは知っていたけど、本当に凄いわね」

「儂だったら今すぐに仕事から逃げ出していただろうな。アキトは強いのに領地の仕事もできるのは本当に優秀じゃな」

「まあ、子供の頃から父さんの手伝いとかしていたからね。その頃のおかげである程度は慣れてるけど、最近の忙しさは流石にきついよね……」

俺は婆ちゃん達にちょっとだけ愚痴を言った。

それから婆ちゃんは資料を見て、いくつか見てみたいという候補を出してくれた。

その後、俺は婆ちゃんと爺ちゃんを、いくつか出した候補の家まで、転移で連れていく事にした。

◇　◇　◇

一つ目の家は、元チルド村で、俺の領地で一番発展している都市にある家。

少し開けた場所にあり、ここには裕福な人達が住む用に作った。隣の家との距離も、それなりにある。

近くには運動のできる公園があり、少し歩けば商業区へも行ける、という最高の立地だ。

「ここって、普通に買ったとしたらかなりの値段するような場所ではないか？」

「まあ、そうだけど。別にお金はいらないよ。俺の領地で俺が作った街だからね」

爺ちゃんが何となく値段を想像して聞いてきたが、俺は笑みを浮かべてそう返した。

家の中へと入っていく。家の大きさは城に比べたらそこまで大きくないが、三階建てとなっている。

一階は調理場やお風呂場といった共有スペースになっていて、客が来た時に迎え入れるリビングも用意されていた。

「二階は沢山部屋があるけど、どういう事なの？」

「基本的にここら辺の家って、貴族とかそれに近いお金持ちの人達が住む予定なんだよね。だから、使用人のための部屋として使う用で用意してあるんだ。改装する事もできるから、趣味の部屋にしたりする事もできるよ」

俺は説明をしながら、三階へと案内した。

三階は最上階となっていて、ここが爺ちゃん達の主寝室となる予定だ。

「四つしか部屋がないけど、爺ちゃんと婆ちゃんの部屋として一つずつ使っても余る感じだね。ここも改装して大きな部屋を二つとかにしたり、三つ分の部屋を一つにして一つを倉庫に変えたりも後からできるよ」

「何でもできるのか、本当に凄いな……」

「でも三階ってなると階段の移動が大変そうね……今でもお城の階段がたまにきつい時があるのに、歳をとった後が怖いわ」

「ふふっ、そこに関しても大丈夫だよ。今日紹介するのは、全部爺ちゃん達用で作ってあるからね。標準設備として、ホテルでも乗ったと思うけど、エレベーターがついてるんだ。これで足腰が悪くなった後でも大丈夫だよ」

俺はそう言って、階段の横についてるちょっとした扉へと案内して、エレベーターに乗って一階まで降りてきた。

「最初の物件からこのレベルって、アキトは一体どれほどの家を用意してるんじゃ？」

「それは実際に目にするまでのお楽しみだよ」

そう俺は爺ちゃんに笑みを浮かべて言って、次の物件へと爺ちゃん達を案内した。

◇　◇　◇

それから俺は婆ちゃんが気になった家を全て回り、一旦家へと戻ってきた。

「家の見学に行っただけなのに、何だか凄く楽しかったわ」

「それは良かった。喜んでくれただけでも用意した甲斐があるよ。それで、どこか気に入った所はあった？　なかったら、新しく場所決めからする事になるけど」

「そうね……色んな家を見て思ったけど、全部の家からアキトの思いが伝わってきたわ。どのお家も凄く良くて、贅沢を言うなら全部に住んでみたいとも思っちゃったくらいだわ」

「そうする事もできるよ？」

婆ちゃんの言葉に俺はニヤッと笑みを浮かべて言うと、婆ちゃんは「流石にそれは遠慮しておくわ」と笑顔で断った。

「でもやっぱり、一番良かったと思うのは最初のお家かしらね。あそこだったら、アキトと同じ街に住めるから隠居生活とはいってもすぐに会えるでしょ？　それに静かな住居地域で住みやすそうだと思ったわ」

「あそこは特に一番いい立地だからね。気に入ると思ってたよ」

俺はそう婆ちゃんに言うと、爺ちゃんは「あそこは確かに凄く良かった」と気に入った様子だった。

「儂としてはアキトと同じ街に住むのもそうだが、この街は強者がよく来る場所でもあるからな。儂としては余生も楽しめそうだ」

「それに関してはほどほどに頼むよ？　爺ちゃんが暴れて建物を壊したとかなると、流石の爺ちゃんでも追い出すからね？」

「わ、わかっておる。街中でそんな大きな魔法は使わん」

慌てて俺にそう弁明した爺ちゃんの横で、婆ちゃんは「大丈夫よ。ちゃんと見張っておくから」と笑顔でそう言った。

その後、家に移り住むのはまだ先だから、手入れだけはさせるように俺の部下に頼んでおくと言って、爺ちゃん達の隠居場所は無事に決まった。

◇　◇　◇

「……いつか父さん達が出ていくとは思っていたけど、もうそこまで話が進んでいたのか」

「婆ちゃんも大分疲れやすくなってるみたいだしね。それに俺の所なら、父さんも安心するでしょ？」

爺ちゃん達を見送った後、俺は王城へと来て父さんに婆ちゃん達の話をした。

「まあ、他の所よりもアキトの所だと安心はするけど、今母さんにいなくなられたらかなり厳しいんだよな……」

「そこに関しては前から言われてたんだし、用意しなかった父さんが悪いよ。爺ちゃんであればまだ生きそうだけど、婆ちゃんは普通のヒューマンなんだから」

「母さん、年齢の割に元気だからたまに忘れるんだよな……」

父さんはそう言った後、婆ちゃんの代わりとなる人を考え始めた。

順当に行けば母さんになるが、母さんがその仕事に就くには、今の仕事を少なくするために王城にもう少し人員を増やさないといけない。

父さんはチラチラと俺の方を見ながら、そんな風な事を言ってきた。

「知らないよ。もう俺は色々とやったでしょ？　俺のせいで増やした仕事だけど、その分はもうしたでしょ？」

「……駄目か？」

「無理だね。俺も忙しいから、今日はもう帰るよ」

これ以上いたら変な事を頼まれそうだと察知した俺は、転移で帰宅した。

帰宅後、今日は婆ちゃん達のために仕事は休みにしていたが、思っていた以上に早くに終わったため、久しぶりにアリスとデートへと街に出かけた。

久しぶりのデートにアリスも物凄く喜び、俺も日々の疲れが抜けて楽しい一日を過ごした。

第12話　新たな役職

爺ちゃんと婆ちゃんの隠居場所探しから数ヵ月経ち、大分仕事が落ち着いてきた。

王城の育成から戻ってきたレントは、元の持ち場に戻すのではなく、育成担当として働かせる事にした。

正直、即戦力としてすぐに戻したかったし、何なら兼任もさせたいと少しだけ思ったが、レントが倒れてしまったら元も子もない。

そのため暫くはレントの力なしで仕事をこなした俺達だったが、すぐにその頑張りが実り、レントに育てられた者達が続々と成果を出し始めた。

「レントの実力をちゃんと見る機会をくれた王城には、今なら感謝できるな……」

「まあ、一時的にレントっていう力を削がれはしたけど、その分の見返りは十分にもらえたわよね。本当にあの時、レントの力を再確認できて本当に良かったわ」

そのクロネの言葉は、あの後に起こったある事件によるものだろう――


事件というべきか、俺は爺ちゃん達のために用意した家の中で選ばれなかった物件を売りに出す事にした。

全部で十数軒と数が少ないけど、高いからそこまで人は押し寄せないだろうと甘く考えていた。

しかし、いざ物件の売りが始まると、購入希望者が殺到してしまい……

その対応のために俺達は数日間、仕事を放ってそっちの対応をする事になったのだ。


クロネが冗談っぽく言う。

「あの時、レントが戻ってきてくれたおかげで助かったわよね。ご主人様の馬鹿な行動のせいで、危うく何人か過労で倒れるところだったわ」

「いや、マジであれに関しては全面的に俺が悪かったよ。だから、ちゃんとその分のお礼は皆にしただろ？」

完全に俺が悪かったので、数日間交代ではあるが部下達に休暇をやり、別荘地への招待状を贈った。

勿論、皆は休んでいたが、俺だけはずっと仕事をしていた……

「考えが甘かったよ。もう二度と下手に物件を売りに出すみたいな情報は出さないし、仮に出すとしてもちゃんと話し合って決める」

「そうして頂戴《ちょうだい》ね。もう二度とあんな仕事はしたくないわ」

「わかってるよ」

まあ、でもあれからレントのおかげで使える人材が増え、最近の俺達は休みも増えてきた。

少し前にアリスと二人だけで別荘地に泊りに行く事もできたし、クロネ達も家族団欒《だんらん》の時間が増えている。

「さてと、今日の仕事はこれで終わりだな。明日から俺は休みだから、クロネ。任せたぞ？」

「ええ、わかっているわよ。もう何回も任されてるんだから、大丈夫よ」

俺の秘書として何年も働き、俺と同じ仕事を任せても大丈夫となったクロネ。今では俺が休む時は、俺の代わりとして働かせている。

たまに俺とクロネ両方が休む時もあるが、そんな時でも他の部下達に任せられるほど、今の部下達の能力はかなり高くなっているのだった。

「アキト君、お仕事終わったの？」

「ああ、今終わったよ。アリスも今帰りか？」

「うん。今日も頑張ってきたよ！」

そう、アリスは最近、俺の仕事を手伝いたいからと言って、レントの所で仕事を教えてもらい始めたのだ。

これから先、俺と結婚するとなった際に自分が何もできないのは嫌だと言われて、最初は断っていたが、結局は折れて許可してしまった。

「あまり無理はしなくていいからな？」

「全然無理してないよ。それにレントさんも教え方上手だから、新しい知識が増えるのが楽しいんだ」

「まあ、アリスがそう言うならいいけど……」

そう俺は言って、メイドにお茶を淹れてもらい、リビングで少し休憩する事にした。

「そういえば、アキト君。明日はお休みだけど、何か予定とか入れてるの？」

「本当はアリスとどこか出かけようと考えてたんだけど……どこからか、俺の休みの日を聞いた実家から呼び出しを受けててさ、王城に顔を出さないといけないんだよね。早く終われば、アリスとちょっと出かけたいと思ってるけど。アリスは予定とかないか？」

「うん。勉強会もないよ。暇だからいつでも大丈夫だよ」

「わかった。でも、多分一日拘束されるかもだから、何かあったら連絡は入れるよ」

俺はそう言って、それから夜までまだ時間があるからと、アリスと少しだけ出かける事にしたのだった。

◇　◇　◇

翌日、俺は朝食を食べた後、アリスに「行ってきます」と言ってから予定通り王城へと転移で移動した。

「アキト様、お待ちしておりました」

少しだけ遅れて王城にやって来ると、俺が転移した場所に待機していたメイドからそう言われた。

「うん。ちょっと遅れたみたいだね。父さんは、いつもの部屋？」

「いえ、本日は会議室の方に集まるようになっております」

「会議室？　珍しいな……」

普段王城に来た際は父さんの部屋か、父さん達が仕事部屋として使ってる部屋のどちらかで、会議室は滅多に行かない。

「う～ん、呼び出しの時点から何か嫌な予感がしてたけど、もしやこれは来る事自体が間違っていたかもしれないな……」

俺はメイドから場所を聞き、そう不安に思いながら会議室へ向かった。

◇　◇　◇

そして、会議室に到着した俺は部屋の中に入る。

父さんをはじめとした王族が全員会議室に揃っていた。王族の他にも、この国の重要人物が集まっている。

「え～っと、何の集まり？」

「アキト。休日に呼び出してすまんな。とりあえずそこに座りなさい」

真剣な顔の父さんに俺はそう言われて、空いていた席に座った。

「アキトも来たから、今回集まってもらった理由を話そう。近年、ジルニア国は大きく成長して多くの国々と関わるようになった事は皆も理解してるよね」

「うむ。たった数年で、別大陸の半分がジルニア国の傘下《さんか》となってしまったからな」

父さんの言葉に、アリスの父であり、ジルニア国大将軍であるリベルトさんがそう言った。

「貿易に関しては、アキトのおかげで全大陸と行うようになって、この数年でジルニア国もかなり変わった。元々他種族国家ではあったけど、この数年で拍車がかかり、今では多くの種族の人々が楽しく暮らしている。こんな国が、私が王をしている時代にでき上がったのは、非常に嬉しく思ってる」

「今日はやけに真面目な雰囲気だけど、どうしたの？」

いつになく真面目な父さんに、俺は嫌な予感を覚えてそう言った。

そんな俺の言葉を父さんは無視して、更に話を続ける。

「しかし、人が多くなり楽しく暮らしてる半面、いざこざも多くなる事は必然だ。近年は戦争はなくなり平和に見えるが、国内での事件がジワジワと増えてきている。他大陸からの観光客が一番多いアキトの所も、被害は増えてきているだろう？」

「まあ、それはそうだね。どんなに規制しても、いざこざはどうしても起こってしまうからね」

「それ関連での事件が多発していてね。国の兵士は他国から自国を守る軍人として育ててきた筈が、最近は国内の治安維持の役回りをするようになってるんだ」

父さんが言うと、兵士達をまとめてるリベルトさんが「最近は完全にそうなってるな」と言った。

「確かな情報か定かではないけど、他国から子供を捨てに来てる人もいるみたいね」

「母さん、それは本当だよ。俺の設置した【ゲート】で移動が簡単になってしまったから、裕福なジルニア国に捨てに行く事例が増えてるみたいなんだよね。一応、俺の方で見つけられる範囲は孤児院に連れていってるけど、流石に国内全域を見るのは無理なんだよね」

【ゲート】という移動手段によって、貿易が盛んになった反面、子を捨てに来る者達が増えてしまうという最悪な事が起こってしまった。

「アキトも言った通り、そういった問題が増えている。そこで、それらを解決するために、新たに軍隊を設立しようと考えた」

「……その軍隊ってのは？」

「国の軍隊所属という事で、〝第三軍隊〟という名で設立するつもりだよ。国内でのいざこざを担当する役目だね。今は便宜的に〝第一軍隊〟がやってる治安維持の仕事を引き継ぐ感じで、国内を守る者〝第二軍隊〟とともに任務を遂行する予定だよ」

ジルニア国には現在、二つの軍隊がある。

一つは、攻めの軍隊とされる〝第一軍隊〟。

二つ目は、守りの軍隊とされる〝第二軍隊〟である。

そして、この二つの軍隊をまとめ上げてるのが、リベルト将軍という事になっている。

またこの二つにはそれぞれ軍隊長となる人物がいて、その人達とリベルトさんが話し合って作戦を決めたりしている。

「新たに設立するこの第三軍隊のトップに、アキトの部下の一人であるジル君を頼みたい」

「ジルに？　まあ、確かに今も同じような事はしてますけど、どうしてジルなの？」

「色々と理由はあるが、やはりジル君は第三軍隊にとって理想的な人物なんだ。人柄も良く、実力があり、実績もあるだろ？　この軍隊を考えてる際、何度も欲しいと頭に過《よぎ》ったんだ」

父さんはそう言うと、俺に対して「無理かな？」と聞いてきた。

「正直、俺の判断では決められません。ジルにも生活がありますから。部下だからといって『王城勤務だから王都に引っ越してくれ』とは言えませんし。なので少し時間が欲しいです」

「そのつもりだよ。返事は早めが良いけど、今日中にとは言わないよ」

俺の言葉に父さんはそう返して、とりあえず近日中に報告はするとその場で俺は約束したのだった。


話し合いはこれで終わりかと思って席を立とうかなと思ったが、周りの人達がまだ立たないでいるのに違和感を覚えた。

「あれ、話ってそれだけじゃないの？」

「実はもう一つあってね。リベルトが近々引退をする事になったんだ」

「……えっ？」

俺は父さんのその言葉を聞いて驚き、リベルトさんの方を見た。

「リベルトさん、元気そうですけど……」

「ああ、どこも悪くはない。ただまあ、長年将軍の席に就いていて、争いがあった時は楽しかったが、ここ数年は何もなくてな。ただ指示を出す人間となり、このままだと老いが早まると感じて、今回引退を決めたんだ」

「そうなんですね。まあ、確かにここ最近は国同士の争いもなくなりましたからね……でもそうなると、次の将軍って誰がなるの？」

俺はそう言って、父さんの方を見た。

将軍という事は、実力、実績、その他に兵士からの信頼なども必要。だが、どれも兼ね備えた人物はそうそういない。

正直、リベルトさんの次という時点で荷が重いのだが、そんな将軍を誰がやるのか、凄く気になる。

「……」

「……ん？」

俺の言葉に無言で見つめてくる父さん。

俺はそんな父さんから目を離して、周りを見た。すると、母さん、兄さん、他のこの会議に出席してる全員が俺を見ていた。

「も、もしかしてだけど、俺に次の将軍になれとか言わないよね？」

「……アキトほど、実績と実力を兼ね備えた人物は今のこのジルニア国にはいないよ」

「ッ！」

俺はその続きを聞く前に、転移で会議室から抜け出して帰宅した。

「ふ～、危なかった」

「何が危なかったんじゃ？」

「そりゃ、あのまま俺に将軍になってくれなんて言われたら……って爺ちゃん!?」

家に転移で逃げた筈なのに、真後ろに爺ちゃんがいて俺は驚いた。

そんな俺に対し、爺ちゃんは俺の肩に手を置いて、俺を会議室に連れ戻したのだった。


父さんが爺ちゃんに言う。

「リオン父さん、ありがとう」

「良い。これくらいしか、儂にはできんからな」

クッソッ！　会議なのに爺ちゃんがいるのは珍しいなとか思ってたが、全く警戒してなかった！

こんな事なら、爺ちゃんから逃げるために作った隠し部屋に逃げるんだった！

俺はそう後悔し、大人しく自分の席に座り直した。

「……というか、マジで無理だよ。今でさえ領土の事でいっぱいいっぱいなんだから！　リベルトさんも領地を持ってるけど、それは奥さんのアルマさんがそっちの仕事をやってるから、将軍の仕事をできただけでしょ」

「アキトが領地の事で忙しいのは知ってる。でも、最近は人の増加も大分大人しくなってきて、部下達も精鋭が揃って余裕が出てるのを、王城も把握してるよ」

「……それは、アリスとの時間を確保するために頑張っただけで、何も将軍に就くために頑張ったわけじゃない。というか、俺はこれまで沢山やってきたじゃん。それなのに将軍って……扱いが酷いと思うんだけど！」

俺は断固として将軍には就かないという思いで、父さんに対して言った。

いくら戦《いくさ》がなくなり、将軍としての仕事がなくなってきてるとはいえ、今以上に忙しくなるのは確実にわかってる。

というか、ジルを欲しいと言ったのも、俺を将軍にして指示を出しやすくするためだったのか。

「やっぱり父さん、アキトに頼みすぎだと僕も思うよ。今までもアキトに無理を言って色々としてもらってきたのに、将軍までやらせたら、アキトに嫌われるよ」

俺の態度を見て、兄さんは、元々俺を将軍にさせる事に反対気味だったのか、父さんに対してそう言った。

「だが、アキト以上に実績があり、実力がある者はいないぞ？」

「……いるよ。一人だけ」

俺は父さんの言葉に対してそう言うと、今度は爺ちゃんの背後へと移動して、転移魔法での逃走を止めた。

「爺ちゃんは実績も実力もあるよ」

「こ、こら離すんじゃ！　儂は隠居生活を送るために城を出るんじゃから関係ないじゃろ！」

「い～や、あるね！　爺ちゃんの隠居を止めてでも爺ちゃんにやらせるよ！　婆ちゃんとの時間が少し潰れるだけなんだから、少しくらいいいでしょ！」

「嫌じゃッ！」

俺と爺ちゃんがそう言い合うと、そんな俺達の間に婆ちゃんが入り、「二人とも、落ち着きなさい」と鎮められた。

婆ちゃんは父さんに向かって言う。

「アリウス。確かに実績と実力、この二つだけで考えたらリオンもアキトも同等よ。でも、リオンは私との隠居があるし、アキトも自分の領地の事があるわ。他にできそうな人はいないのかもう一度考えてはどう？」

「母さん……」

婆ちゃんのその言葉を聞いて、俺と爺ちゃんは落ち着いた。

そして父さんも、俺以外の候補について折角これだけの貴族が集まってるので、誰か良い人物はいないかと話し合いを始めた。

俺は婆ちゃんに向かって言う。

「婆ちゃんありがとう」

「良いのよ。こうなる事は多少予測していたもの。アキトならリオンに押しつけるだろうってとこ

ろまで読めてたわよ」

「儂は全く予想外じゃった。あれほど儂とリアナの隠居生活をサポートしてくれてたのに、儂を生贄《いけにえ》に選ぶとは驚いたぞ？」

「そりゃそうだよ。俺だって自分の生活が大事だからね。爺ちゃんは俺以上に実績があるし、早々に王位を退いてずっと暇してたんだから、少しくらいは国のために働いてもいいでしょ」

本気で思っていた事を言うと、爺ちゃんは「アキトは怖い子じゃ……」と泣き真似をして、婆ちゃんから、頭に拳骨《げんこつ》を食らわされていた。

その後、次期将軍についての話し合いは続き、中々決まらずお昼休憩を取る事になった。

◇　◇　◇

「アキト。お疲れ様」

「あれ？　兄さんはミリア義姉さんと食べるんじゃないの？」

食事をしていると、兄さんが俺の所に一人で来た。

「アキトとちょっと話したかったからさ。それとも、僕とは話したくなかった？」

「別にそんな事はないけど、話したい事ってさっきの将軍の件？」

「うん。ほらっ、突然言われてアキトが物凄く困ってたからね。父さんを止められなかった僕にも責任があると思ってさ」

兄さんはそう言うと、俺に頭を下げ「ごめん」と謝罪をした。

「兄さんが謝る事じゃないよ。それにあの場では、驚いてあんな事をしちゃったけど、正直リベルトさんの気持ちもわかるし、父さんが俺を指名したのも理解はしてるよ」

リベルトさんが将軍を辞める理由は、俺のせいでもある。元々ジルニア国には争いがないが、他大陸への警戒は続けていた。しかしそれも俺のせいでなくなってしまい、あり余る軍事力を発揮する機会はなくなってしまったのだ。魔物の被害などはあるためその時は軍も動くが、リベルトさんが動くような事態はほぼないと言って良かった。

「将軍の席に座れるのは一握りの逸材で、今のジルニア国の人から探すと、俺か爺ちゃんの二人なのもよくわかってるよ」

「うん。アキトとお爺ちゃんの実績はかなりあるからね。そもそもリベルトさんが将軍になる際も、お爺ちゃんとで意見が分かれてたらしいよ」

「そうだろうね。まあ、当時は俺みたいに爺ちゃんに強く言える人がいなくて、爺ちゃんの我儘《わがまま》が通って、リベルトさんが将軍に就いたって聞いた事があるよ」

当時、喧嘩に発展しそうになった話し合いの場で、爺ちゃんが周りの人達を威圧して、リベルトさんを将軍にするように命じた、と聞いた事がある。

「爺ちゃんには婆ちゃんとの楽しい楽しい隠居生活があるから、今回も絶対に回避するとは思うけどね」

「この国で、お爺ちゃんとやり合えるのはアキトくらいだよ。僕でもたまにお爺ちゃんの魔力に当てられたら、ちょっぴりビビっちゃうもん」

「兄さんも爺ちゃんの血を引いてるんだから、本気で鍛えたら強くなれると思うよ？」

「今更だよ。それに今は、王位を受け継ぐための勉強で忙しいからね……アキトが王になっても良いんだよ？」

兄さんはニヤッと笑みを浮かべ、俺にそう言ってきた。

「嫌だよ。王になんてなりたくないし。王に少しでもなるような動きをしたら、ようやく最近鎮まった馬鹿どもがまた騒ぎ出すよ？」

「あはは、それは困るね」

兄さんが王になる事は、もう何年も前から決まっている。それは俺が王族から貴族になった時から決まっているが、それでも俺が王家の血筋を引いてる事には変わらない。

陰でコソコソと俺を王にしようと画策《かくさく》してる者がおり、そいつらを排除するのに俺は苦労したというのに。

「俺が王になったとしても、そいつらの利益なんてないのにな……」

「やっぱり、英雄が王になった方が国として様になるからじゃないかな？　それにアキトの場合は、力だけじゃなくて知能も高くて、領地経営も上手くしてるから尚更《なおさら》だね」

「兄さんの努力を知ってる身からすると、馬鹿な真似はやめろとボコボコにした後に説教したいけどね。まあ、あれだよね。王になるために兄さんがどれだけ頑張ってきたか、知ってる人は少ないのが原因だと思うよ」

王位を継ぐ、という事。

簡単そうだが、重大な役目を継ぐためには、多くの事を学ばないといけない。

兄さんは、強さを諦め、その道に向かった。

俺はそんな兄さんを近くで見て、兄さんの凄さやこれまでの辛さは十分に理解している。

「僕の頑張りは見えない所が多いからね……アキトには迷惑をかけてると僕自身わかってるよ」

「俺の場合は、目立ちすぎってのもあるけどね……もう少し大人しくしておけば良かったと今更ながら後悔してる」

「ふふっ。多分そうって考えてても、アキトには無理だったと思うよ。だって、アキトってお爺ちゃんとちょっと似てるからね」

「うっ。それは自分でもちょっと思ってるから言わないでよ……」

兄さんから痛い所を突かれ、俺はジト目で兄さんを見た。

「僕の本音としては、アキトに将軍になってほしいって気持ちはあるよ。アキトがいたら心強いってのもあるけど、一緒に仕事をしたいって気持ちの方が大きいかな。ほら、父さんもリベルトさんとたまに仕事中話したりしてたでしょ？　あんな感じでアキトとも隙間時間に話したりしたら、今よりもずっと楽しいかもしれないかなって」

「……兄さんって、本当に俺の心を動かすのが上手いよね」

「えっ、そうかな？　まあ、これでもアキトを小っちゃい頃から見てるからね」

兄さんは笑みを浮かべてそう言い、俺は溜息を吐いて天井を見上げた。

その後、話し合いを再開した際、俺は「少しだけ考える時間が欲しい」と父さんに言い、将軍の件については持ち帰る事にしたのだった。

◇　◇　◇

「……で、お兄さんの気持ちを聞いて自分がなろうかなって思っちゃったわけ？」

「仕方ないだろ……」

「ご主人様が家族の頼みに弱いのは知ってるけど、流石に今の仕事に、将軍なんて仕事も追加したら、過労でご主人様が倒れるんじゃない？」

「マジでそうなる未来しか見えん」

会議が終わった後、俺は帰宅して、クロネに会議での事を聞かれ、将軍の件を話した。

すると、クロネは呆れた顔で言う。

「……でも私としても、次期将軍を考えろって言われたら、真っ先にご主人様が浮かぶくらいにご主人様は実績を多く持ってるものね」

「そうなんだよな。俺よりも実績持ってるのは爺ちゃんくらいだしな。それで、兄さんから話を聞いて、ちょっと気持ちが揺れたんだ」

「将軍が空席になるのは、いくら平和だとしても平和ボケしすぎだものね」

「まあな。それは流石に愚策《ぐさく》だから、俺がならないとなっても、誰かしらは選ぶだろうな」

もしも、俺や爺ちゃんが将軍にならないとなったとしても、誰かはならないといけない。

まあ、最悪の場合、リベルトさんに引退を取り消してもらうというやり方もあるが、それは本当に最終手段だろう。

「それで結局受けるの？　一旦話を持ち帰ったって事は、少しは気はあるんじゃないの？」

「最初は拒否してたけど、兄さんと話をして気持ちが揺れた。でも、今の俺が将軍になれば領地の方が大変な事になるだろ？」

「まあ、そうね……」

クロネはそう言い、少し悩む素振りを見せる。

そこへ、アリスがやって来た。

「アリス。どうしたんだ？」

「ほらっ。時間があったらお出かけって言ってたから、どうなったのかなって思って……」

「あっ、そうだった。すまん、今日の話し合いの内容がちょっと驚く事で、クロネと話してたんだ」

「ううん、大丈夫だよ。外まで話は聞こえてたから。アキト君が将軍に指名されたんだよね？」

気づかないうちに声が大きくなっていたのか、声が漏れていたみたいだ。

「うん。それでどうしようかなって……アリスはどう思う？　俺が将軍になる事に対して」

「私は賛成かな？　やっぱり、アキト君ほど実績がある人ってリオンさんくらいだけど、リオンさんは隠居生活に入るし無理だから。アキト君しか将軍に就ける人はいないと思うよ」

アリスは他の人達と同じ意見らしい。

「それに、アキト君が将軍に指名されるかもって、実は少し前から、私、知ってたの」

「えっ!?　あっ、もしかしてリベルトさんから聞かされてたのか？」

「うん。それで、私もアキト君のために、内政の事を勉強したいと思って、レントさんの授業を受け始めたんだ」

「そうだったのか……それで、あそこまで珍しく『絶対にやる』って言い張ってたのか」

俺は謎が解け、アリスに対してそう言うと、アリスは「本当の事はまだ言っちゃ駄目だったからね」と笑みを浮かべた。

「だから、アキト君が少しでも将軍になりたいって思ってるんなら、なっても大丈夫だよ。まだ全て任されるほど何でもできないけど、アキト君の力になれるように私も頑張るから」

「アリス……」

俺のために行動してくれたアリスに、俺は嬉しさが溢れ、そのままアリスを抱きしめた。

それから俺はもう一度王城へと戻っていって、父さんと兄さんに対して将軍の件を引き受けると伝えたのだった。

第13話　アキト将軍

将軍の話をされてから、更に二ヵ月が経った。

リベルトさんの引退式が行われ、多くの人達が集まり、リベルトさんに対して感謝の言葉や労いの言葉をかけていた。

そして引退式の翌日、新たな将軍として俺が発表され、就任式が行われた。

引退式同様に多くの人が集まり、俺は新たな将軍として色んな人と言葉を交わした。その中には勿論、他大陸の王族も来ていて、久しぶりに魔帝国の皇帝とも顔を合わせた。

「まさか、アキト様が将軍に就かれるとは思いませんでしたよ」

「俺もそう思ってたよ。まあ、なったからにはちゃんとこの仕事を全《まっと》うするつもりだ」

皇帝はそんな俺に対して「アキト様がいれば、争い事も全てなくなりそうですね」と愛想笑いを浮かべると、その場を去っていった。

それからも俺は色んな人と話をして、その日は夜遅くまで王城でのパーティーに参加する事になった。

◇　◇　◇

「……で、何で私は、将軍になった筈のご主人様の補佐役として連れてこられたのかしら？」

「一番動かしやすくて信頼しているからな。いや迷ったんだぞ？　領地に残してアリスの手伝いをさせるか……そしたらアリスのサポートはレント達がやるって言うから、それならクロネは俺がもらっていこうってなったんだよ」

「何でそうなるのよ！　私には家族もいるのよ！　他の人を選びなさいよ！」

クロネはそう言ってキレてるが、別に仕事場が王都に変わったとしても問題はないだろう。

「仕事が終わったらレオンが迎えに来るだろ？　それに、レオーネも最近転移魔法を使えるようになって、王都までの距離なら往復も可能だって自慢してたからな」

「チッ、情報が早いわね。あの子には隠すように言ったのに……」

「レオーネは両親よりもいい子だからな。頼んだら何でも教えてくれるぞ」

レオーネは俺によく懐いているから、レオンとクロネに関して隠し事があったりしたらすぐに教えてくれるのだ。

「両親との約束を破るなんて悪い子に育っちゃったわ……これも全部、ご主人様のせいね……」

「最初から隠し事なんてしなきゃ良かっただけの話だろ？　それに別に仕事量で言えば、こっちの方が少ないと思うぞ。確認する事は沢山あるが、領地の方よりかはまだマシだと思うぞ」

「そうなの？」

俺は、将軍としての仕事についてと、それを補佐するクロネの仕事について説明してやった。

具体的に言えば、兵士達の訓練を見たり、第三軍隊の情報を確認して適切な指示を出したりといった感じだ。

「そもそもリベルトさんの後を継いだから、既に仕事の形は作られてるからな」

「確かにそう聞くとそれほど苦ではなさそうだけど……ご主人様と一緒っていう時点で、何か問題が起きそうな予感がするのよね」

「そんな事を言うから事件が起きたりするんだ。普通に過ごしていたら問題なんて起きないだろ」

俺はそう言い、今日の仕事に取りかかる事にしたのだった。


ちなみに第三軍隊について、ジルに話をすると——

「ご主人様の指示でしたら、私は問題ありません！」

と、二つ返事で引き受けてくれた。

そして第三軍隊の隊長となったジルは、俺が就任するまでの間に人員を集めて、それなりに動ける部隊をすぐに作ってしまった。

その手腕に関しては俺も驚き、ジルをずっと欲しがっていた父さんは「ジル君が来てくれて、本当に良かった……」と本当に嬉しそうにしていた。


「そういえば、第一軍隊から第三軍隊まで全ての軍隊が合同で訓練をするらしいけど、ご主人様は何か聞いてるの？」

「ああ、知ってるよ。リベルトさんって将軍を辞めたけど、国から出るわけじゃからな。合同訓練で、兵士達を鍛えてもらえないかってお願いしてみたんだ。そしたら、『体も動かせるし兵士も強くなるから良い事しかない』って言って、引き受けてくれたんだよ」

「そうだったのね。だから、辞めた筈の将軍が楽しそうに兵士達と戦っていたのね」

リベルトさんは将軍を引退した後、領地に籠もるかどうしようか悩んでいた。

しかし、今更領地経営をしようにも既にアルマさんが全てしているため、素人であるリベルトさんが入る余地はなかった。

「将軍だった時よりもする事がなく暇だ」と言っていたので、「兵士達の訓練をつける役をしてほしい」と頼むと、嬉しそうに引き受けてくれたというわけである。

まあ、面倒な将軍としての仕事をせずに兵士達を鍛えるだけで良いとなると、リベルトさんとしては嬉しい事しかないからな。

「ん～、さてと今日の確認事項はもう終わったし、今日の仕事はこれで終わりだな。クロネはどうする？　もう少し王城に残るか？」

「帰るわ。ご主人様はどうするの？」

「俺はこの後、ちょっと兄さんと話す予定だ。だから帰るなら、今から送るがどうする？」

そう言うとクロネは「じゃあ、お願い」と言ったので、クロネを領地に送り届け、俺は再び王城へと戻ってきて兄さんの部屋に向かった。

◇◇◇

「兄さん、入っても良い？」

「アキト？　うん。入って大丈夫だよ」

俺は扉を開けて部屋の中に入った。

兄さんの部屋にはいつも数人の部下がいるのだが、今日は俺と話すからか、誰もいなかった。

「他の人達はもう帰らせたの？」

「うん。アキトの所で育ててくれたおかげで、王城の仕事はかなり早く終わるようになったからね。今日は早めに終わらす事ができたんだ」

兄さんはそう言うと椅子から立ち上がり、それから休憩スペースのソファーの方へ行った。

俺は兄さんと対面側のソファーに座る。

「それで兄さん、子供の様子はどう？」

「うん。元気に育っていってるよ。アキトも後で様子を見に行く？」

「そうだね。時間もあるし、ちょっと顔を見に行こうかな」

数ヵ月前、ミリア義姉さんが体調不良で倒れた原因が妊娠だとわかり、俺の領地の病院で子供が生まれるまで安静に過ごしていた。そして一月ほど前に無事に出産を終え、元気な女の子の赤ちゃんが生まれたのだ。

子供は〝エリシア〟と名づけられ、今は王城で過ごしている。

「エリシアはもう元気いっぱいでね。本当に可愛いんだ」

「はいはい、もう何度も聞いてるよ」

兄さんは子供が生まれてから、完璧に親馬鹿になってしまった。

まあ、それで悪いわけでもないし以前よりも仕事へのモチベーションも上がり、全体的に見れば王として好ましいと皆は喜んでる。

しかし子供に対する思いが強く、一度子供の話が始まると気が済むまで話し続けてしまう。俺も何度も聞かされ、今では話し始める前に止めるようにしているのだった。

「それで、今日は兄さんから話があるって事で来たけど、何かあったの？」

「うん。実は決めたい事があってね」

「決めたい事？　何それ、重大な事？」

兄さんが態々《わざわざ》、俺と一緒に話し合って決めたい事なんて……何か面倒そうだなと俺は思いながらそう聞いた。

「まあ、重要といえば重要なんだけど……アキトの人を見る目は凄いでしょ？　その力で王家の新たな特殊部隊を一つ作ろうと思ってさ」

「特殊部隊って、この間、第三軍隊を作ったのに、また新しく作るの？」

「あれは、国内のいざこざを解決させるための軍隊でしょ？　今回は、情報を集める特殊な組織を作りたくてさ。アキトもそういう部隊を自分で作ってるでしょ？」

兄さんが言ってるのは、影の事だろう。

確かにあいつらの功績は、俺の今までの行動に大きく関わってる。

「でもそんな部隊、王国に必要なの？　戦いとかなくなったから、暇になってリベルトさんが引退したのに」

「必要かと言われれば、今のところはないよ。だけど、世界は変わっていくからね。今のうちにそういう部隊を作っておいて損はないでしょ？」

「俺の仕事が増えるから損ではあるんだけど……まあ、次期国王様である兄さんが言うならやってみるよ。けど、その部隊の扱いはどうする？　王族だけが動かす部隊にするのか、国が動かす部隊にするのかでも大分変わってくるよ」

俺の持つ影も俺の指示には従うが、国や他の部下達の指示には従わない。

俺以外の指示に従うとしたら、シャルルかアリスの指示だな。シャルルは前任のリーダーであり、影の連中はシャルルの凄さを見てきた連中だから、未だに指示には従うのだ。アリスに関しては、俺の婚約者であり俺が大切にしてる存在だから。もしも俺が指示を出せない所にいたら、アリスの指示に従うようにと言ってある。

「そうだね……アキトはどっちが良いと思う？」

「王族もしくは、王である兄さんだけが扱える方が良いだろうね。まあ、集めるのが俺っていう時点で、俺の指示には従わせる予定だけど……俺の指示にも従わせたくないなら、自分で集める事になるかな……」

「アキトなら問題ないよ。僕には、そんな人を集められる才能はないからね。そこに関しては、アキト以上に才能がある人を僕は知らないよ」

兄さんはそう言ってから、俺と兄さんの二人だけの指示に従う組織を作ってほしい、と言った。

「完全に私兵を持つって事だね。……父さんはこれに関して知ってるの？」

「知ってるよ。それに、勧めたのは父さんだしね。アキトがいる以上、この国に攻める馬鹿はいないだろうけど、それでも、相当な馬鹿は存在するからね。それの対策のために持っておいた方が良いって言ってた」

「なるほど、まあ父さんが許可を出してるなら俺も良いけど、集めるのに時間はかかるよ？　一応、俺も将軍としての仕事があるからね」

「うん。今すぐに欲しいわけじゃないから、アキトのできるペースで進めてほしいな」

そう言われた後、具体的にどんな人材が欲しいのか、兄さんと話し合いを行った。


その後、一通り話し合いを終えた俺は兄さんと一緒に部屋を出て、ミリア義姉さんの子供がいる部屋に向かった。

「あれ、母さんもこっち来てたんだね」

「うん。やっぱり、初の孫だから様子をよく見に来てるのよ。本当に可愛いわ〜」

母さんは孫が生まれた事を一番喜んでいて、兄さん達の子供をよく見に来ている。

国としては男の子の方が欲しいんじゃないのかな？　と思った事もあるが、別にこの国は男性だけが王になれるわけじゃない。男女どっちが良かったというのはないみたいだ。

「アキトも見に来たんでしょ、ほら近くに寄りなさいっ」

「わ、わかったから引っ張らないでよ」

母さんは孫が生まれてから元気があり余っており、婆ちゃんの役目であった相談役も難なくこなしている。

今では完全に、王族の序列が現王妃である母さんに軍配が上がっている。

まあ、父さんが最近は兄さんに「試練だ！」とか言いつつ、仕事を押しつけてるからってのも理由の一つだろうな。

その後、母さんと兄さん、ミリア義姉さんと赤ちゃんと一時間ほど過ごした俺は家に帰る事にした。


「おかえりなさい。アキト君」

「ただいま、アリス。今日はどうだった？」

「いつも通りだったよ。でも、最近は仕事にも慣れてきて楽しいって思えるようになってきたよ」

「それは良かった。だけど無理はしなくていいからね？　きつくなってきたら、いつでも言っていいから」

楽しいと思ってやってるならまだいいが、無理をして倒れられたりしたら心配で俺も仕事ができなくなりそうだ。

「大丈夫だよ。皆、私に気を使ってくれて、私が困ってたらすぐに助けしてくれるから。アキト君がそう言ってくれてるんでしょ？」

「まあ、まだ始めたばかりだからね。アリスの負担はなるべく減らしてやりたいと思ってな」

「ふふっ、ありがとう。アキト君」

その後、夕食の時間となり、アリスと一緒に食事をして、風呂に入り、寝室で少し過ごして眠りにつくのだった。

◇　◇　◇

翌日、いつも通り朝食を食べて王城へと出勤した俺は、朝から仕事に取りかかった。

「へ～、秘密部隊の編成ね。また変な事を頼まれたわね」

「まあ、兄さんは俺の話をよく聞いてて、影についても知ってたからな。多分そういう個人の組織を持っておくと便利だと思ったんだろう。実際、影のおかげで俺も今まで良かったと思う事は沢山あるからな」

「影って身内にもほぼ姿を見せないから、本当にどこにいるのかわからないものね。影を知ってるのは、ご主人様の部下の中でも幹部クラスの数人だものね」

「身内にも知らせてないのは、作った当時の理念が〝隠れた組織〟だったからな」

俺だって男の子で、異世界転生した身だから、そういう〝らしい〟事をしたいわけで。身内すらも知らない、特別な組織。それだけで最高じゃないか。

「まあ、ご主人様の組織については色々と知ってるから良いけど、次期国王様のその組織はどうやって集めるの？　使える人材はもう殆どご主人様が集めたんじゃないの？」

「そうなんだよな。王都の奴隷商に関しては、顔見知りで新しい奴が入ったらすぐに知らせてくれて、良い奴がいたら引き取ってたからな」

「知らない間に増えてたりするから把握するのが大変だわ。それであれでしょ、その中から素質のある人は影に入れてたんでしょ？」

「勿論。人は多い方がやれる事は多いからな。まあ、今すぐに必要じゃないから、ゆっくりじっくり集めようと思う」

クロネにそう言った俺は、今日の仕事終わりに奴隷商人の所に寄って話だけはしておこうと考えた。

そうして一日の仕事を終えた俺はクロネを領地へと送り、世話になってる奴隷商人の所へと向かった。


「新しい奴隷ですか……最近はこの大陸も争い事がなくなり、お金のない者くらいしか奴隷にならないんですよね」

「平和になったからな。やっぱり奴隷になる奴は減ったのか？」

「かなり減りましたね。特にこの国だと、貧しさで奴隷に落ちる者は少ないです。奴隷商人とは別の事業をしてるため何とかこの仕事を続けられてますが、同業者は辞めてる者もいます」

「そうなのか……」

そうなってくると、ジルニア国で探すのはかなり苦労しそうだな。

「知り合いで、沢山の奴隷を扱ってる奴とかはいないか？」

「いるにはいますが、アキト様のお求めになられてるレベルの奴隷は少ないかと……それでしたら、魔帝国や他の大陸行った方が良いかと思いますよ」

「他の大陸か……確かに今まではこの大陸でしか買ってなかったが、そっちを見るのもありではあるな。大陸間で奴隷の扱いが違うとかはないのか？」

「そちらは大丈夫です。神様によって絶対的なルールがございますので、正規の奴隷商人は全員神様のルールに従っております」

馴染《なじ》みの奴隷商人はそう言うと、魔帝国に知り合いの奴隷商人がいると言うの、そいつの店を教えてもらった。

魔帝国なら、魔法が得意な奴が良さそうだな、時間がある時にでも行ってみるか。

そう考えた俺は奴隷商人に礼を言って店を出て、その日は家に帰る事にした。

◇◇◇

「それじゃ、魔帝国まで奴隷を見に行くの？」

「うん。今度、時間がある時にでも見に行って、良さげな奴隷がいたら、兄さんと契約をさせようかなって思ってるよ。兄さんの私兵として使うから、俺が契約するわけにもいかないからね」

帰宅後、アリスも仕事を終えてリビングにいたので、メイドにお茶を淹れてもらい、今日の出来事について話をした。

「アキト君って本当にお兄さん想いだよね。頼みだからって、態々《わざわざ》魔帝国まで奴隷の人を見に行くなんて」

「兄さんは頭は良いけど、力の方は鍛えてこなかった人だからね。万が一の事を考えたら、早いうちから準備していても良いかなって思ってさ。兄さんに何かあったら、俺が王になる可能性だってあるからね……」

「……アキト君って本当に王様にはなりたくないんだね」

アリスはそう言うと、何でここまで俺が嫌がってるのか、聞いてきた。

「何でって言われたら、そりゃ貴族同士との牽制《けんせい》とかしたくないでしょ？　今でもたまに俺の領地に『融通しろ』って馬鹿な貴族から連絡が来てるけど、全てはねのけてるからね。これがもし王にでもなれば、『他の街ももっと発展させろ！』みたいに言われかねないからね」

「確かにアキト君はそれができる能力があるから、言われそうだね……」

「正直、王としての素質は兄さんの方が圧倒的に高いのに、それが見えてない馬鹿が多すぎるんだよね……人の上に立つ人間として、俺は素質は兄さんほどない」

前世の知識があり、力は俺の方が上だが、人をまとめたり指揮をしたりする能力は兄さんの方が高い。

それは、俺が十数年間、兄さんの弟として生活してきて、近くで見てきたからよく知っている。

「はぁ、俺も早く隠居したいな……」

「それは無理だと思うよ。周りの人が止めるだろうし、アキト君も何だかんだ頼られたら力になりたくなっちゃうしね」

「流石、アリス。俺の事をよくわかってるな」

「えへへ、私だってアキト君とはずっと一緒にいるからね。王族の人達には負けるけど、アキト君の事は理解してるつもりだよ」

アリスからそう言われた俺は、アリスに「俺もアリスの事は沢山理解してるよ」と言って、それから少しだけ二人だけの世界に入ったのだった。


その後、夕食の時間となった。食事をしていると、家に誰かが来たようだ。呼ばれたので玄関に行くと、爺ちゃんが玄関の外にいた。

「爺ちゃん、こんな時間にどうしたの？」

「うむ、お裾分《すそわ》けに来たんじゃ」

「お裾分け？」

爺ちゃんはそう言うと、異空間から料理が入ったタッパーをいくつか取り出した。

「えっと、それどうしたの？」

「実はな隠居生活を始めて、リアナが趣味で料理を始めたのは前に話したじゃろ？　最近、料理作るのが楽しくなったのか、沢山作ってしまって、儂の家では消費しきれなかったんじゃ。アキト達の所なら人も沢山いるじゃろうと思って、お裾分けに来たんじゃ」

「あ～、なるほどね」

隠居生活を始めてから、婆ちゃんは自分の趣味を色々と開拓して色んな事に挑戦している。

少し前に料理を始めたと聞き、料理教室があるからそこを紹介したのだが……まさか俺が思っていた以上にハマっているみたいだな。

俺は爺ちゃんからタッパーをもらい、「婆ちゃんにありがとうって言っておいて」と伝えた。

「もらってくれて逆に助かる。リアナの料理は美味しいんじゃが、量が多くてな……最近、少し肥《こ》えてきた気がする」

「確かにちょっと顔に肉が増えてるね」

「ッ！　運動をしないとな……アキト、どうじゃ、久しぶりに迷宮探索にでも行かんか？」

「う～ん、行きたいけど時間がないかな。ちょっと兄さんからの頼み事もあるからね。また暇になったら、俺も行きたいし声をかけるよ」

爺ちゃんは俺の言葉を聞くと、「うむ、それなら仕方ないのう」と言って帰っていった。

俺は玄関を閉めてアリスの所へと戻った。

「リオンさん、何の用事で来てたの？」

「婆ちゃんが料理を作りすぎたみたいで、それのお裾分けに来たみたい。料理教室を紹介して、まだそんなに経ってないけど、かなり上達したみたいだよ」

俺はそう言いながら、爺ちゃんからもらったタッパーの中身を見た。

「リアナ様って元々器用だから、料理も今までしてこなかっただけで、才能はあったのかもしれないね」

「多分そんな感じだろうね。それにしても、元王妃様が料理に目覚めるなんてな……」

「ふふっ、アキト君のお婆ちゃんだから、何も不思議ではないけどね」

俺とアリスはそう言いながら、婆ちゃんの作った料理を食べて、その美味しさに驚いた。もらったタッパーはいくつかあったのだが、するりと食べてしまった。

「かなり美味しかったな……料理を始めて間もないのに、婆ちゃん、料理の才能、凄すぎるでしょ……」

「本当に凄く美味しかったね。今度、リアナ様に料理を教わりに行こうかな？」

アリスはあまりの美味しさからそう言った。

俺も感激して、持ってきてくれた爺ちゃんに、心から感謝するのだった。

第14話　秘密の組織

兄さんからの頼み事を聞いてから一月が経った。

俺は組織を作るための準備を進めていた。

「とりあえず最初はこのくらいの人数にしようと思うけど……兄さんはどう？　もう少し人が欲しい？」

「いや、アキトに任せるよ。アキトが良いって思うなら、今の人数でとりあえず訓練を始めさせて」

「了解。じゃあ、今の人数で組織の形は作るね」

あれから魔帝国やその他の大陸にも出向いた俺は、色んな国の奴隷商や貧困街を見て回った。

そして有能そうな者達を集め、兄さんと契約を結ばせた。

情報収集する者達――俺の場合は、影と安直に名づけたが、兄さんは集めた者達の組織名として〝第零《ゼロ》軍隊〟と名づけた。

「さて、それじゃお前達には今から訓練をしてもらう」

兄さんとの話し合い後、俺は第零軍隊を呼び出してそう告げた。

第零軍隊の初期人数は二十名、これだけの人数を集めるのに一月もかかってしまった。

「あの、アキト様が私達を訓練してくださるのですか？」

「いや、俺は時間がないからお前らの面倒は見きれない。だけど、優秀な先生は用意してやった」

俺はそう言って指をパチンッと鳴らすと、シャルルが音もなく現れた。

こういう演出、いつかしてみたいと思っていたが、こんな所でできるとはな……っと、浸《ひた》ってる場合じゃないな。

「こいつはシャルル。俺の部下の一人で、俺の信頼のおける部下だ」

「はじめまして、皆さん。ご主人様のご命令により、あなた方を教育する事になりました」

シャルルはそう挨拶をし、怪しげな表情を浮かべた。

少し前、レントに王城の者達の訓練をつけてもらってる際、シャルルは「自分にも同じように人を育成する場が欲しい」と頼み込んできた。

多分、レントが育てた者達が評価され、俺が楽になったのを聞いて、自分も同じ事をしたいと考えたのだろう。

「それじゃ、シャルル。後の事は任せる。一ヵ月後に様子を見に来るからな」

「はい。お任せください」

その返事を聞いた俺は今日の仕事は終わりなので、家に帰る事にした。

「今の時間はアリス達は仕事か……折角慣れてきた頃なのに、俺が行っては邪魔になるかもしれないからな……」

時間的にお昼が少し過ぎたあたりで、家でゴロゴロするのも勿体《もったい》ない気がする。

そう思った俺は、少し前に迷宮に行こうと約束をした爺ちゃんの所に行く事にした。

◇　◇　◇

「ふむ、今から迷宮か……リアナとの予定も今日はないし、儂は良いぞ」

「良かった。これで爺ちゃんに断られていたら、折角仕事が早く終わったのに無駄に過ごすところだったよ」

その後、二人だけで行けば後から煩く言ってくるだろうと思い、クロガネ達にも行くかと聞きに行った。

そうして急遽決まった迷宮探索のメンバーは、俺、爺ちゃん、クロガネ、レオン、ライム、レオーネの六人となった。

「って、レオーネも来るのか？」

「うん！　だってこんな機会ないもん！　お父さんは沢山、主と迷宮に行った事あるけど私はないもん」

「まあ、確かにそうだけど……なあ、アキト。今日行く迷宮って、どのレベル帯だ？」

「まあ、俺や爺ちゃんが少しは楽しめる所に行こうと思ってたが……」

そうなるとレオーネの事が心配だなと思い、レオーネの事を見ると……レオーネは「大丈夫です！」と自信ありげに言った。

「こう見えて、お母さんからも『十分強くなった』って言ってもらえてるし、危ない時はライムくんが守ってくれるから！」

「いや、まあ確かにライムがついてくれたら危険はないけど……ライム。レオーネの事を任せても大丈夫か？」

そう聞くと、ライムはプルプルと震えるとぴょんと跳んで、レオーネの頭に乗った。

「うん。まあ、危なくなったら助けに入れば大丈夫だろうしな。よし、それじゃ行くか！」

それから俺達は、爺ちゃんが俺と迷宮に行くためにと調べておいてくれた迷宮へと探索に向かった。


「……レオーネの奴、ライムが守ってくれるから大丈夫だと思ってたけど、普通に強くないか？　レオン。お前、ちゃんと娘の強さ理解してたのか？」

「ちゃ、ちゃんと見てたぞ？　まさか、あんなに強いとは思ってなかったんだよ……」

迷宮に着いた後、最初の方だしレオーネの実力を見ておこうと思い、俺達がいつでも助けられる場所にいて、レオーネに戦闘をさせたのだが……

レオーネは普段から戦い慣れているのか、素早い動きで敵を翻弄《ほんろう》しつつ、魔法を正確に敵に当てていた。

素早い動きは母であるクロネから、魔法は父であるレオンから譲り受けた才能だろう。

まあ、才能だけじゃなくて本人の努力もあってこそだろうけど、それにしてもレオーネは歳の割に凄いな。

「アキトも子供ながら凄かったが、自分の娘があそこまで凄いとはな……何か誇《ほこ》らしいよ」

「まあ、強さに気づいてなかったみたいだけどな」

「うぐっ、それは言うなよ……」

誇らしげな顔をしたレオンにそう言うと、レオンは気まずそうな顔をした。

「ご主人様、どうだった？　私強いでしょう！」

「ああ、強くて驚いたよ。どうやってそこまで強くなったんだ？」

「お父さんと一緒に迷宮に行ってたのもあるけど、ライムくんともたまに行ってたの！」

レオーネは元気良くそう言うと、頭の上に乗ってるライムも一緒にぴょんぴょんと嬉しそうに飛んでいた。

ライムとレオーネ、種族は違うけど性格が似てるみたいだな。

その後、レオーネの心配はしなくても大丈夫そうだと思った俺達は、迷宮探索を再開した。

「ふぅ～、久しぶりに動くとやっぱりすぐに疲れるな……」

迷宮探索を終え、時間的にも夕方頃だったので、皆とは別れて家に戻ってきた俺は、風呂に入りながらそう呟いた。

昔はこんな数時間の迷宮探索でここまで疲れる事はなかったが、運動をしなくなったせいか、かなり疲れるのが早くなった気がした。

「最後にちゃんと訓練したのもクロガネの帰還祝いの時だしな……これから時間がある時は、少しでも良いから運動をしておくか。もしもの時に動けないとかなったら、笑い者だからな」

全盛期が十歳前後だったなんて、笑い話だしな。そう考えながら、今後はもう少し運動を増やそうと俺はそう心に決めたのだった。

◇　◇　◇

運動を適度にしようと決めた翌日。

俺は仕事をしながら、どうやって体を動かそうか悩んでいた。

すると、そんな俺を見てクロネは「何にそんな悩んでるの？」と聞いてきた。

「いや、実はな。昨日爺ちゃんやレオン達と迷宮探索に行ったんだけど、昔よりも疲れやすくなっててさ。このままじゃ駄目だと思って運動をしようと思うんだけど、どうやって時間を作ろうかなって……」

「普通の子供だと今の歳は成長期だけど、ご主人様の場合は早熟だったものね……体以外はだけど」

「おい、体に関しては気にしてるんだから言うなよ」

クロネの言葉に、俺は少し怒りながらそう言った。

実際この数年、ほぼ体格は成長していない。

爺ちゃん達曰く、俺はどうやらエルフの血が濃いらしく、成人する頃には体も成長してるだろうとの事。

「正直、体に関してはエルフじゃなくて人間寄りの成長が良かったな……いつまでもチビだと、馬鹿にされるから」

「ご主人様の体を馬鹿にする人なんているの？」

「実際に目の前にいるけどな」

そう俺が言うと、クロネは「あっ、そうだったわね」と笑いながら言った。

「まあ、体の成長に関しては今は置いといて。時間をどうするかだな……将軍権限で兵士達の訓練に交ざるのがベストな気がするな」

「そうね。それが一番良さそうね。でもそれをするには、王様かお兄さんの許可がいるんじゃない？」

「そうだな、ちょっと聞いてくるか」

それから俺は部屋を出ていき、まずは父さんの所へと向かった。


「ふむ、運動の時間か」

「うん。最近、運動する時間すら作れてなくて、自分の体の衰えを感じたんだよね」

俺は本音を父さんに言うと、父さんは俺の気持ちを理解してくれて、レントの所で修業をしていた者達を数人こっちに寄こしてくれると約束してくれた。

「珍しいね。父さんがこんなすぐに頷いてくれるなんて」

「まあ、アキトの調子が悪い状況は国としても危険だからね。父さん達が少し無理をすればいいだけでそれが解消されるなら、頑張ろうと思ってね。エリクには父さんから言っておこうか？」

「ありがとう。いや、この後少し時間があるから、兄さんの所には自分で言いに行くよ」

そう俺は父さんに言って、部屋を出ていき、兄さんの仕事場へ向かった。

兄さんの所に行くと、既に休憩時間に入っていたのか、兄さん以外は部屋にいなかった。

「アキトがこの時間に来るなんて珍しいね。どうしたの？」

「ちょっと、兄さんに伝えておく事があってね。今、大丈夫？」

「丁度、休憩時間だから大丈夫だよ。話って何？」

兄さんは俺が話があると言ったから、何か悪い事でも起きたのかとドキドキしていた。

俺はそんな兄さんに「別に悪い話じゃないよ」と言って、俺が運動をする時間をこれからは取り入れるという内容を伝えた。

「それで、その運動なんだけどさ。普通の兵士達とやるのか、兄さんのために育成してる兵士達とやるかで迷ってるんだけど……兄さんとしてはどっちがいい？」

「僕個人としては、第零軍隊としてやって欲しいかな、アキトがどんな内容の運動をするかわからないけど、近くでアキトを見ていれば、色々と学べる事は多いと思うからね」

「了解。それじゃ、運動の時間はシャルルに任せてる第零軍隊の所で運動をするよ。まあ、正直どこまで強くなっていってるのかも気になってたから、丁度いいしね」

第零軍隊は完全にシャルルに任せているから、どんな風に育成しようとしてるのか、俺は知らない。

訓練してる場所も知ってるが、突然行ったら驚くだろうから、先にシャルルには連絡を入れた方が良いだろうな。

「それにしても、よく父さんが許したね。最近、父さん怠け癖が出始めてたから、アキトのその頼みも断りそうだったけど」

「まあ、父さんも言ってたけど、俺が調子を悪くして倒れられるよりマシだと思ったんじゃないかな？　前までは爺ちゃんが王城に住んでたけど、今は隠居生活でいなくなってるし、すぐに連絡はつかないでしょ？　そんな状況で俺も倒れたら、危険な事がもし起こった場合、対処ができないと考えたんだろうね」

「あ〜、確かに今まではお爺ちゃんがいたけど、隠居しちゃったもんね。アキトはお爺ちゃんとはよく会ってるんだよね？　どうお爺ちゃん達、隠居生活楽しんでる？」

「満喫してるよ。婆ちゃんなんて色んな趣味を見つけて、料理もその辺の料理人よりも上手くなってるんだよ」

そう言うと、兄さんは「お婆ちゃんが料理してる姿、見た事もないんだけど、そんなに凄いの？」と少し疑いながら聞いてきた。

「疑う気持ちはよくわかるよ。今度、婆ちゃんに頼んで料理を作ってきてもらうよ。マジで美味いから」

「アキトがそこまで言うと、何だか楽しみになってきたな」

俺が絶賛した事で兄さんは婆ちゃんの料理が気になり、今度婆ちゃんの手料理を持ってくると兄さんと約束をした。

◇　◇　◇

翌日、早速俺は仕事を終わらせた後、第零軍隊の訓練してる場所へ向かった。

「シャルル。悪いな、俺の我儘に付き合わせて」

「そんな事はありませんよ。私としては、ご主人様とともに訓練できる事の方が嬉しく思っております。レオン達が知れば、羨ましがられると思いますね」

「まあな。この事を知ってるのは兄さん達と……俺の部下で知ってるのは、クロネくらいだからな。一応、第零軍隊は秘密の組織って事になってて、知られないようにしないといけないからな」

と言い訳ができるため、今回の俺の訓練に関してはレオン達は知らない。

何ならここは領地からも離れた場所で、ライムやクロガネも知らないから、邪魔される心配はない。

「で、昨日は身体検査をすると言ってたが、どうだった？」

「そうですね。やはり、ご主人様が態々《わざわざ》選んだだけあり、潜在能力が高い事がわかりました。それに、それぞれの得意分野も分かれており、良い組織になると思いますよ」

「シャルルがそう言うって事は、俺の目も腐ってないって事だな。良かった良かった」

正直、ここまでガチで奴隷を選んだのは久しぶりだったから、自分の感覚が正しいのか少しわからなかった。

だけど、シャルルがそう言うって事は、ある程度の基準以上の奴隷は集められたという事だろう。

「特にあそこの二人は、非常に良い才能を持ってますよ」

シャルルがそう言って、教えてくれた二人の方を俺は見た。

一人目の名はフロル。魔法使いではあるが、体格もしっかりしていて、体力面でも問題ないみたいだ。また、得意な魔法は【風属性魔法】のため、音の遮断等も訓練させればできるだろう、とシャルルは言った。

もう一人の名はルヴィスという名で、元は商会の兵士をまとめる役目をしていたらしい。

しかし、その商会が潰れ、食い扶持《くぶち》を失ってしまい奴隷になった。人をまとめる才能だったり、ルヴィス自身それなりに戦える能力だったりは持っているらしい。

「まあ、その二人をこの組織のリーダーと副リーダーにするのが良さそうだな」

「そうですね。人をまとめる能力が元から備わってるルヴィスをリーダーにして、フロルを副リーダーにするのが良さそうですね。でしたら、その二人には別でリーダーとしての訓練もつけておきますね」

「ああ、頼むよ。その方が兄さんも楽ができると思うからな」

その後、俺は普通の兵士達の訓練に交ざった。シャルルは、二人に対して特別訓練の説明をしていた。

「へ～、そんな優秀な人達が集められたのね。父親には一切そんな事しなかったのに、お兄さんには色々とするのね」

「まあ、別にしなかった理由とかはなかったけど、今回兄さんにここまでしたのは、兄さんが王位を継いでくれるからだな。兄さんがそうしなかったら、俺や姉さんも王位継承の話に混ざって自由な生活を送れないからな」

「それはそうね。特にご主人様の場合、功績が多いから、お兄さんが王にならなかったら、標的にされてたでしょうね」

「間違いなくな。だから俺としては、兄さんのためならある程度は力になるつもりだ」

俺はクロネに、何故兄さんには色々としているのかの理由を説明したのだった。

◇　◇　◇

秘密組織の訓練を始めて一週間ほどが経過した。

俺は、定期報告として兄さんの所に向かった。

「へ～、リーダーとかが決まったって聞いてたけど、もうそんなに色々とできるようになったんだ」

「まあ、訓練をつけてるのがシャルルだからね。あいつは丁度ギリギリのラインで個々人に訓練をつけるから、教官としては最適な奴なんだ。まあ、たまにやりすぎる節があるけどね」

「うん。何度か聞いた事があるよ。でも、こんな短期間でよくそこまで育てたね。やっぱり、アキトも参加してるからかな？」

「どうだろうね。まあ、少なくとも強者と戦う経験は他の兵士より経験してるよ。俺は兄さんも知ってると思うけど強いし、シャルルも何だかんだ俺の部下の中では上位層の奴だからね」

ライムやクロガネ、レオンといった化け物レベルに、シャルルも何だかんだ属している。そんなシャルルと俺が訓練をつけてるわけで、第零軍隊は急成長している。

「元々、素質が良い奴らを見つけてるし、後は時間さえあれば、影と比べても見劣りしない組織ができると思うよ」

「それは凄く楽しみだね。正直今でも十分すぎるけど、まだ始まったばかりなのが本当に驚きだよ」

「ふふっ、それは完成を楽しみにしていてね」

俺は兄さんにそう言った後、丁度良いからと一緒にお昼を食べる事にした。

◇　◇　◇

そうして第零軍隊の育成を始めて、約一ヵ月が経過した。

初めの頃から素質の良い者達を選んだおかげで成長速度が異常に速く、かなりの強者揃いとなった。

　また強いだけではなく、主である兄さんを助けるため、勉学にも力を入れてそれぞれ得意とする分野を伸ばした。

　特に薬学に関しては、王になる兄さんに毒が仕込まれる可能性もあるため、微量の匂いでも見極められるほどに訓練をつけた。

「ちょっとした匂いの変化で毒がわかるなんてないと思ってたけど、まさかできるようになるなんてな……もしかして影の奴らもできるのか？」

「勿論ですよ。ご主人様をお守りするのも影の役目ですからね。ちゃんとその訓練も引き継いでおります」

　シャルルは自信満々にそう言った。

　俺は育成をひとまず終えた第零軍隊を見せるため、兄さんを呼びに向かった。


「あれから、一月しか経ってないのに、もう育成が終わったの？」

　兄さんは、俺が第零軍隊の育成の成果を見てほしいと言いに行くと、驚いた様子でそう言った。

「まあ、四六時中シャルルが面倒を見ていたし、戦闘面に関しては俺も育成に協力していたからね。とりあえず、兄さんが時間がある時に見せたいんだけど、今からって暇？」

「うん。今日はそこまで忙しくないけど、皆に終わるって伝えないといけないから今すぐには行けないかな。三十分後でも大丈夫？」

「了解。それじゃ、また三十分後に迎えに来るね」


その後、部屋を出た俺は三十分暇になったので、王城で訓練してる兵士の方を見に行った。

兵士達は今日も、元上司であるリベルトさん相手に数十人で挑む訓練を行っている。

兵士達も能力は高いが、元将軍であるリベルトさんはそれ以上で、兵士達が集まっても全く相手になってなかった。

しかし、相手をしてるリベルトさんはこれまでの仕事から解放され、兵士達相手に暴れられるからか、最近は特に元気だ。

「おっ、アキトじゃないか。どうしたんだ？」

「少し暇になったので見学に来たんです。どうですか、兵士達の訓練は進んでますか？」

「おう。俺が鍛えてるからな！」

自信満々にそう言うリベルトさんの後ろでは、兵士達が疲れて倒れている。

しかし、よく見てみると以前よりも確かに体格が良くなってる人や、既に体力が回復してる人もいるようだ。

このリベルトさんとの鬼の訓練で、かなり鍛えられたんだろうな。

「アリスも大分仕事に慣れたみたいだな、あの子はアルマに似てくれて本当に良かったよ。俺に似てたら、大変だったろうからな……」

「正直、滅茶苦茶助かってます。日に日に仕事に対する理解度も増えていて、俺の部下達とも仲良くしてますからね」

「昔はあんなに人見知りだったのにな……立派な大人に成長してるようで、父親として本当に嬉しいよ」


兵士達を休憩させ、俺はリベルトさんと雑談をする事になった。

その際の話題は、やはりといってはなんだが、アリスの事になり、リベルトさんはアリスがどう生活してるのか気になっていたみたいだ。

「そういえば、アリスとアキトはいつ結婚するんだ？」

「リベルトさん、一応忘れてると思いますけど、俺達はまだ十二歳ですからね？　婚約が早かったから長く感じると思いますけど、結婚できるのは十五歳からなのは忘れてないですか？」

「……あ～、そうだったな」

ジルニア国では、成人年齢である十五歳から結婚ができるようになっていて、それまでに結婚すると決めた者同士は婚約するという流れだ。

そうして俺とアリスはまだ十二歳で、結婚は早くても三年後だ。

「まあ、三年なんてすぐだな。結婚式はアキトの事だから派手にするんだろ？」

「色々と考えてはいますけど、最後はやっぱりアリスも楽しめる結婚式にしようと思うので、派手すぎるのは難しいでしょうね」

「あ〜、確かにな……まあ、俺は二人が楽しめる結婚式になれば良いと思ってるよ」

その後、時間となったので、俺はリベルトさんに「また暇な時にでもお話ししましょう」と言って去り、兄さんを迎えに行った。


「す、凄いな……これが一ヵ月前に集めたあの奴隷の人達？」

兄さんの前では、この一ヵ月死ぬ思いで鍛えた第零軍隊が能力を披露していた。

魔帝国の奴隷は特に魔法に精通しており、転移を使える者も数人いる。

「まあ、人数が少ない分、一人一人の能力は高く成長してるよ。これで万が一の事が起こっても、兄さんと兄さんの家族は救える力は手元に置いておけるよ」

「……アキト。本当にありがとう」

その後、正式に育成期間を終えた兵士達は、最後にシャルルと俺に礼を言って、兄さんとともに王城へと戻っていったのだった。


「シャルル。ありがとな、大変な事を頼んで」

「いえ、ご主人様のご指示でしたから当然です。それに、久しぶりに才能のある者達と触れ合えて、私自身も楽しめました。レオン達と差が縮まっていたのを少し気にしていたんですが、どうやらその差も昔に戻ったみたいです」

シャルルはニコニコと笑みを浮かべていた。

チラッとシャルルの力を測ってみたが、確かにレオン達以上にシャルルも成長している。

兵士達を育成する過程で、自分のレベル上げも行っていたのか……こいつも魔物狩りをしてレベルを上げてきたな。

「全く、俺の部下達は全員が訓練馬鹿だな……」

「そこに関してはご主人様が一番だと、私含め全員が思っておりますよ」

「ったく、もう良いから帰るぞ」

それから俺は帰宅すると、アリスも今日は仕事が早めに終わったみたいだったので、久しぶりにデートに行き、楽しい時間を過ごした。

第15話　大陸祭

第零軍隊の育成を終えてから数日が経った。

あれから何か変わった事は特になく、今まで通りの生活を送っている。

まあ、第零軍隊は裏の組織だから何か変わるとかそういうのではないし、何か変わるというのも変か。

「……はい？」

「いや、だからご主人様って、今度の大陸祭の準備とかしなくていいの？　例年通りで行くなら、去年は将軍だったリベルトさんが警備の配置とか決めてたって話を聞いたわよ」

「マジ？　えっ、そんなの、知らないんだけど？」

クロネから急に言われ、俺は戸惑った。

大陸祭とは、数年前から毎年の行事として始まった、世界的に一番派手な祭り。

数日間行われ、普段は大陸を越えないと会えない者達が一斉に集まって交流をする、世界一の巨大なお祭りだ。

そして、そのお祭りの主導はジルニア国となっているという事は知っていたが……祭りの警備とかの仕事が、俺持ちというのは知らなかった。

「確かに去年までは、リベルトさんが警備の配置だったりやってたか……」

その後、俺はその話がどうしても信じられなくて、兄さんの所に聞きに行った。

すると兄さんは、クロネの話が本当だと真顔で言った。

「難しそうなら、こっちでやろうか？」

「う～ん……いや、俺の仕事ならちゃんと俺がするよ。知らなかったで仕事をしないのは悪いからさ」

兄さんからの提案を断り、俺は自分ですると伝えた。

それから兄さんは、「困った事があれば何でも聞いてね」と言った。


俺は兄さんの部屋を去り、再び自分の仕事部屋に戻ってきた。

「で、どうだった？」

「本当だった……いやまあ、知らなかったけどやるしかないよな」

「そうね。まあ、何も動いてなかったから知らないだろうと思って、早めに声をかけて良かったわ」

「ああ、マジで助かった。クロネが言ってくれなかったから、マジで知らずに当日を迎えてた可能性が高いからな、ありがとな」

俺はクロネにお礼を言い、今日の仕事が終わってから、早速警備等についてジルと話し合う事にした。


「ご主人様、知らなかったんですね。まあ、大陸祭の時期ってご主人様が一番機嫌が悪い時でしたから、周りを見てなかったんでしょうね」

「まあな。大陸祭は色んな大陸から人が集まってきて、いつも以上に視線を感じる祭りだからな……正直、出席しなくていいならしたくないけど、そうは言えない立場だったからちゃんと出てたけど……」

大陸祭は色んな所から人が来るため、普段以上に目立ってしまう。

それも、俺の近くに各大陸の有名な奴らが集まってくるせいで、逃げても逃げても視線を集めてしまうのだ。

だったら、そんな祭り行かなければいいのでは？　と言われるだろうが、これでも一応は王族の血縁者ではあるし、ジルニア国でも名の知れた土地の領主だから、出席はほぼ義務のようなものだった。

「ご主人様は名が知られすぎてますからね。最近、王都の子供と話す機会もあるんですけど、小さな子供達でもご主人様の事を知ってましたよ」

「ここ数年は大人しくしてるんだけどな……子供の頃に色々とやりすぎたな」

「ふふっ、ご主人様は年齢でいえば子供なのに、何だかおじさん臭いですね」

ジルから笑われながらそう言われた俺だが、前世からの年齢も合わせると、まあまあの年齢だしな。

それからジルと一緒に大陸祭についての話し合いをした。それで、部下達にも手伝わせた方が良いなという事になり、家に帰ってから、シャルルに今集合できる者達を集めてもらう事にしたのだった。

「意外と集まったな、もしかして皆、暇なのか？」

招集をかけてから一時間ほどが経った頃――俺の部下の幹部クラスの殆どの奴らが集まっていた。

一際暇そうなレオンが言う。

「いや、アキトが招集なんて珍しいから、何かあると思って集まったんだよ」

「あ～、なるほどね。でも、別にどこかに旅に出かけるとかそういう話じゃないんだ。ちょっと皆に協力してもらいたい事があってね」

それから俺は今回、何故呼び出したのか、皆に伝えた。

「あ～、確かにアキトは将軍になったからな、そういう仕事もアキトの仕事なのか……でも、それって、普通は国の兵士を使うんじゃないのか？」

「まあ、大体はそうだけど、リベルトさんも侯爵家の兵士を使ったりしていたらしいから、俺がお前達を使っても特に問題はないんだよ」

「そうなのか……じゃあ、影でいいんじゃないのか？　こういうのは得意だろ？」

「勿論、あいつらにも協力してもらうよ。だけど、あいつらは表というより、裏で警備してもらう予定だから、お前達にも協力してもらうつもりだ」

俺はそう言って、今重要な仕事を担ってる者は一旦外れてくれと伝えた。すると、数人が抜けて大体の者達が残った。

勿論、その残ってる中には、暇を持て余しているレオンもいた。

「何か昔は俺が強くなるため、色んな所に連れ回してたけど、レオンって最近マジで何してるんだ？」

「聞くな。俺だって昔は色々としてたけど、最近は部下を鍛えるくらいしかやる事がなく、強くなるために迷宮に潜ったりするしか、時間を潰せないのは気づいてるんだ。アキトはすんなり領主の仕事に移行したけど、俺の場合は元々戦闘要員兼雑用だったからな」

「まあ、確かに……クロネは学習意欲があったから俺の秘書にしたけど、お前は無理だったからな」

「無理って言うなよ……俺だって自分が勉強ができないのは、気にしてるんだから」

そう悲しげに呟いたレオンに「悪い」と謝罪をして、話し合いの続きを行った。

しかし、誰が大陸祭の警備に行けるか明確に把握してないため、とりあえずは大雑把《おおざっぱ》に決め、また後日改めて話し合いをしようと皆に伝えて、話し合いは終わりにした。

それから一旦、城へと戻ってきた俺は、今回の大陸祭に関し、先輩であるリベルトさんの所にアドバイスをもらいに向かった。

「警備のアドバイスか……大陸祭の警備は難しいぞ？　色んな国から人が集まり、それぞれの国のルールとかあるからな」

リベルトさんの所へアドバイスを聞きに来ると、リベルトさんは苦い思い出があるのか、少し俯《うつむ》きながらそう言った。

まあ確かに、祭りの開催地であるジルニア国とこの国がある大陸の者達は勿論の事、魔帝国や神聖国やオルゼノ、竜人国や獣人国といった各大陸から人が集まってくるのだ。

そんな沢山の人が集まると、それぞれの国でのルールとかあって面倒だろう。

「でも、開催地はジルニア国なんですから、この国のルールで良いんじゃないんですか？」

「アキトがそう思う気持ちはわかるが、そう簡単なものじゃないからな……」

「苦労したんですね……」

空を見上げて言ったリベルトさんに対し、俺はそう言ってから、どんな注意が必要なのか、詳しく聞くのだった。


それから仕事部屋に戻ってきた俺は、将軍の仕事をしながら警護について考えた。

「う～ん……今まで通りでも良いけど、これだと人数もかなり必要だよな……折角の祭りなのに楽しめない人がこんなにいるのは、流石に可哀想だよな」

「まあ、沢山人が来るからそれに合わせて人数も必要だしね」

大陸祭は数日間行われる祭りで、今までは交代制で警備をしていたみたいだ。

しかし交代制と言っても全員がちゃんと楽しめるほどの時間はなく、兵士達にも大陸祭について聞いたが、「もう少し楽しみたい」と言っていた。

将軍として今回の件を任されたからには、そこのところも改善してやりたいが……

「人員を増やしたら、それはそれで、仕事と祭りが一緒になってしまう人が増えるだけだからな……根本的に警備のやり方を変えた方が良さそうだな」

「って事は、またご主人様が何かするの？」

「まあ、できる事があるならした方が良いだろ？　それにどうせ、これからは俺が担当するんだから、今のうちに改善しておいた方が、後の俺の助けにもなるからな」

◇　◇　◇

それから二日ほど色々と試行錯誤した俺は、魔道具を使って警備の量を減らし、更に時間も短縮しようという考えに至った。

数年前から俺は、魔道具開発費に対し制限を設けず、色んな地球の道具を開発させていた。そんなわけで、既に今では多くの道具が揃っている。

その部署のリーダーであるネモラの所に行った。

「警備に使える魔道具ですか……それならドローンとかはどうですか？　こっちの世界では魔法があるし、一人で何十台も扱えるので、警備する人の削減にもなりますよ」

「そんな物もあるのか？」

「はい。今持ってきますね」

ネモラはそう言って部屋から出ていき、少しして小型のドローンを持って戻ってきた。

「魔力で動くので、魔法使いの人でしたら、慣れさえすれば何十台も扱えると思います。それに、これ以外にも警備に使えそうな魔道具も持ってきました」

ネモラはドローン以外にも設置型のカメラだったり、範囲を指定してそこに立ち入った物を記録する魔道具等だったりも紹介した。

ここまで色んな物ができてるとは思ってなかった俺は、それらを紹介されて、驚きを隠せなかった。

「お前ら、マジで色々と作ったんだな……」

「ご主人様が転生者の人を集めてくれたのもあるんですけど、こっちの世界だと前の世界とは違って〝魔法〟という力もあるので、色々と作ってたら楽しくなっちゃったんですよね。魔道具開発部署は皆、凝り性《こしょう》ですから」

「確かにな。あまり見に来れてなかったけど、癖のある奴もいるからな……」

魔道具開発部署は転生者の集まりでできていて、色んな分野に長《た》けた者達がいる。

魔道具開発部署と言っておきながら、実際は転生者部署なため、魔道具以外にも色々と作っているみたいだ。

そのため、「金と材料さえあれば、無限に色々と研究している」とネモラは言っていた。

「まあ、金に関しては心配はないけど、あまり無駄遣いはするなよ？」

「はい。わかっております」

その後、使える魔道具を選び、それらの量産を頼んで帰宅したのだった。


魔道具を扱うためには魔法使いが良い、とネモラに言われていたので、俺は、兵士達の情報が書かれた資料を見ながら、誰かいい奴はいないかと探していた。

「う～ん、ある程度の実力はあるけど、あの魔道具を使いこなせるかが心配だな……」

一度、俺も使ってみたが、かなり操作が難しかった。一人で何台も扱うには、それなりに魔法に長けた者じゃないと厳しそうだった。

爺ちゃんなら一人で百台くらいは動かせそうだから、頼めたら一番だけど。

「婆ちゃん、あの祭りを楽しみにしてるみたいだしな……」

今までは婆ちゃんは仕事で、本格的に祭りを楽しめてなかった。しかし隠居生活を始めて仕事もなくなったから、今回からは爺ちゃんと一緒に楽しむみたいだ。

「まあ、現時点で操縦を頼めるのは、レオンとシャルル、後はローラくらいだな……」

レオンはクロネ達と祭りを楽しむ予定らしいが、まあ俺の奴隷だし、主人が困ってる時に助けるのは普通だ。ローラの場合、祭りというより、祭りで出される食事さえあればいいから、料理を届ける者さえ用意すれば十分だ。シャルルは、うん、あいつは問題ないな。

「だけど、三人だけってなると、それこそ交代要員がいないな……魔法に長けてて、警備をしてくれる人物……」

それから俺は頭を悩ませ、夕食の時間まで一人で考え込んだ。

「魔法の使い手で、警備ができる人？」

「うん。警備のために魔道具を用意するんだけど、それの操縦は魔法使いが良いらしくてな。レオンとシャルル、後はローラが適任かなって思ってるんだけど、その人数だと交代も厳しいだろ？だから、他にいないかなって」

夕食になり、アリスと一緒に食事をしながら魔道具の操縦について話をした。

「う～ん……アキト君、一番いい人達の事を忘れてない？」

「えっ、アリスは誰か思い当たる人いるの？」

「うん。アキト君とレオンさんのお師匠さんのリーフちゃんだよ」

アリスのその言葉を聞き、俺は「あっ」と声を出した。

最近は妖精王になるため修業だと言って妖精界に籠もってるから、存在を少し忘れかけていた。

「確かにリーフなら、何十個も同時に魔道具を扱えるだろうし、フレアさんに頼めば、妖精族の力を貸してもらえるかもしれないな」

「アキト君ってたまにこういうちょっとした事忘れてるよね」

「色々と考えすぎると、身近な事を忘れる癖は昔からだな……とりあえず、明日仕事に行く前に聞きに行ってみるよ。いい提案をありがとう、アリス」

「力になれたみたいで良かった」

アリスにお礼を言った後、俺は少しスッキリした気持ちで夕食を食べ終え、風呂に入り、今日は早めに寝る事にした。

◇◇◇

そして翌日、俺は妖精界を訪れて、フレアさんに協力の申し出をした。

「警備の協力ね。アキトの頼みならいいわよ。リーフも最近は修業尽くしで疲れてるみたいだし、たまには息抜きも必要だものね」

「そんなアッサリ決めて良いんですか？　一応、その祭りには沢山人が集まるんですけど……」

「大丈夫よ。騒ぎにならないように隠れて手伝うわ」

フレアさんからそう言われた。フレアさん達は、魔道具の操縦の確認等もするため、明日、俺の所に来てくれるらしい。

その後、城に出勤した俺はクロネに警護の人数は大丈夫になった事を伝えた。

「へ～、それじゃあ妖精族に警護を頼むのね。それならレオンと一緒に祭りも回れそうね」

「ああ。ずっとは難しいかもだけど、一日休みを与える事は難しくないと思うから、その日は家族で楽しんでこい」

「ええ、ありがとね。ご主人様」

クロネは笑みを浮かべてそう言うと、いつもより機嫌良く仕事を始めた。

◇　◇　◇

それから数日後、遂に大陸祭の当日となった。

この日のために、俺は着々と準備を進めてきた。

兄さんが心配そうに言う。

「本当にあの人数で警護は足りるの？　無理をしてるなら、もうちょっと兵士を使っても良いんだよ？」

「折角の祭りなのに、警護をするなんて楽しくないでしょ？　それに、今回は俺の部下や知り合いに協力してもらったけど……次からは、今回導入する事になった魔道具の操作を、訓練した兵士達に任せるつもりだからね」

「まあ、それが本来の形だからね。今回は初めてだし仕方ないか。とりあえず、警備するのが厳しそうだったらいつでも言っていいからね？　何なら第零軍隊も貸すから」

「いや、第零軍隊は良いよ。あいつらは兄さん達を守るために作ったんだから、こんな雑用のために使う奴らじゃないよ。厳しそうだったら、第三軍隊に頼むよ」

そうして兄さんと別れた俺は、既に魔道具を動かして準備をしているレオン達の所にやって来た。

「レオン。その魔道具の訓練はしてもらったが、使えそうか？」

「問題ないぞ。慣れれば簡単だな。ローラもそうだろ」

「うん。全然難しくない。むしろ楽ができる」

「まあ、お前らは魔法使いとしての適性が高いからな。普通だとかなり苦労すると思うが、お前らからしたら簡単か……」

レオンとローラは全く問題なく魔道具を使いこなしていた。なお、シャルルも問題なく扱えており、妖精達も一人で数台扱えていた。

「そういえば、リーフは修業中なのに来てくれたんだろ？　ありがとな」

「別に気にしなくていいよ～。ずっと修業してて退屈してたから丁度良い息抜きになるし、久しぶりにアキト達とも会いたかったしね」

「そう言ってくれると、誘った俺も嬉しいよ。警備するのは交代制だから、暇な時間は祭りを見て回ってきても良いからな。出店以外にも色んな催しがあるから、リーフ達も楽しめると思う」

俺がそう言うと、リーフ達は「は〜い」と元気良く返事をしてくれた。


その後、初日はシャルルと妖精族が警備の仕事を行う事になってるので、レオンとローラは祭りを見に建物から出ていった。

シャルルが尋ねてくる。

「ご主人様は祭りを見に行かなくてもよろしいのですか？」

「俺が見に行くのは二日目だからな、今日は警備につく事にしたんだ。二日目はアリスと約束してるから祭りを楽しむ予定だよ」

アリスと祭りについて話した際、アリスは初日は家族と過ごすと言っていた。そんなわけで、俺と祭りを見て回るのは二日目だ。


「ご主人様、差し入れに来たわよ」

大体お昼近くになった頃、魔道具から送られてくる映像を確認する部屋に、クロネ達が出店で買った料理を持って訪れた。

「お～、悪いな。丁度腹減ってたところだ」

「そうだと思って多めに買ってきたわ。リーフ達も食べていいわよ」

「いいの!?　やった～」

クロネから食べても良いと許可をもらったリーフは、我先にと料理を選んだ。他の妖精族も一緒に料理を選んでいる。

俺とシャルルも、クロネが差し入れしてくれた料理を食べて、少しだけ休憩時間を取った。

クロネが不思議そうに言う。

「しかし、この部屋は凄いわね。大量のモニターに街の隅々まで映し出されてて……逆にちょっと怖さも感じるわ」

「まあ、色んな国から人が集まるわけだし、これくらいの警備は必要なんだ。犯罪が起こるよりマシだろ？」

「確かにそれはそうね……」

こうして初日の警備は問題もなく終わり、俺はこの街にある家に帰った。

家族達も先に帰宅していて、俺の帰りを待っていた。

「アキト、こんな時間まで警備の仕事してたの？」

「うん。まあ、祭りが終わるまでは見てないとな～って思ってね。まあ、俺は画面を見てるだけだから、ドローンを操縦してるシャルル達に比べたら、そこまで疲れは溜まってないよ」

「それでもずっと見てたんだよね？　本当にお疲れ様」

兄さんがそう言うと、父さんやリベルトさん達からも労いの言葉をかけてもらった。


その後、大勢での食事を終えて風呂に入った後、アリスと一緒に過ごす部屋に入った。

「アリス。明日が楽しみだな」

「うん！　アキト君と色んな所を見て回ろうと思って、色々と調べてるんだ。明日は、私が案内してあげるね」

「それは楽しみだな」

それから「夜更かししたら明日の楽しみが減るから」とアリスは言って、俺もその言葉に頷き、早めに寝る事にした。


そして翌日。

「朝食は出店で食べるから」と、俺とアリスは皆より早めに家を出た。

「まだ朝早いけど、結構人がいるな」

「そうだね。やっぱり、色んな大陸から集まってくるお祭りだから、皆楽しみたいんだね」

「そうだな～、朝食を食べてきてないから早速何か食べたいんだけど、アリス良い所は知ってるか？」

「うん。知ってるよ！」

　それから俺達は一日、二人で祭りを満喫した。

◇　◇　◇

　そうして残り祭りの期間は、レオン達と交代で警備を行いながらもアリスとの時間も作り、大陸祭を楽しんだ。

　多少のいざこざは起きたが、大きな問題はなく、無事に祭りを終えた。

「ねえ、アキト。あの魔道具なんだけど、王都の警備に導入って難しいかな？」

　祭りが終わった後、兄さんからそんな事を聞かれた。

「難しくはないけど、王城で使うんなら購入って形になってくるから、その辺は経理担当と話し合って決めないといけないよ」

「勿論ちゃんと購入するよ。あの魔道具を導入すれば警備の人数が削減できるから、今の王都の警備体制をより良くできると思うんだよね」

「まあ、人員は削減できるから、今よりも楽はできると思うよ。でも、使用には訓練が必要だからね。シャルル達が魔道具の使い方に慣れてるから、教官として暫く貸そうか？」

俺がそう言うと、兄さんは「そうしてくれると助かるよ」と言った。

それから俺達は、具体的に王城に何台の魔道具を卸すのか等の話し合いを行った。

「……へ～、それじゃあ王都であの魔道具が取り入れられるんだね。アキト君って、本当に国のために色々してるね」

「今回は兄さんからだけど……まあ、結果的に見ればそうなるかな？」

帰宅後、今日の事を話すと、アリスからそんな事を言われた。

まあ、王になるのは嫌だけど、国の事は好きだからな。

この国を良くできるなら、したいなって気持ちはある。

そのあとは、仕事の話をお互いにしたりして、俺はアリスと楽しい時間を過ごしたのだった。

第16話　誕生日兼、成人祝いのパーティー

将軍職に就いてから、三年の時が過ぎた。

最初は、仕事に慣れるのに時間がかかったり、大陸祭の事を忘れていたりと、ドタバタしていたが、今では業務の効率化も進んで休みの日も増えた。

「はぁ～、今日も仕事は終わりっと……何で誕生日の前日まで、俺は仕事漬けなんだろうな……」

「まあ、仕方ないでしょ。将軍様なんだから」

「慣れてきたとはいえ、続けたいとは中々思えないな……真面目にさっさと後継者育てて、そいつに譲ろうかな……」

「それならジルでいいんじゃないの？　彼、兵士達の中で人気になってるみたいだし」

三年前、俺の頼みで、第三軍隊のリーダーになったジル。

その間、兵士達とコミュニケーションを取り続け、今では全軍隊の兵士達から好かれるほどになっていた。

それに加えて、第三軍隊は主に王都内のいざこざの対応をしているから、ジルは王都の住民達からも認知されていた。

「確かに、ジルなら任せても良さそうだな……」

「でも、もう暫くはご主人様じゃないと難しそうだけどね」

その後、仕事を終えた俺は、クロネを領地まで送ってから帰宅するのだった。


「アキト君、おかえり」

「ただいま、アリス」

この三年間で、アリスは少女だった姿から、徐々に大人の女性へ成長した。

言うまでもないが、未だ成長が止まってる俺の身長を、アリスは余裕で超している。正直、男として普通に悔しい……

「そういえば、明日はアキト君の誕生日だね。前々からシャルル達が準備を進めてるって言ってたけど……アキト君は何か知ってる？」

「全く知らないな。父さん達もシャルル達に協力してるみたいだけど、内容は全く話してくれないんだよな……まあ、調べようと思えば調べられるけど、折角俺のために準備してるなら、知らない方が良いかな」

俺がそう言うと、アリスは小さな声で「良かった……」と呟いた。

まあ、アリスも協力してるなとは薄々思ってたけど、そんなあからさまに喜ばれたら気づかないようにする俺も苦労するんだけど……可愛いから、良いけどさ。

それから俺はアリスと一緒に夕食を食べ、その日はいつもより少し早めに寝た。

◇　◇　◇

「……何だこの街の飾りつけは？」

翌日、俺の成人祝いのためにパーティーをするという事で、サプライズ報告された。

そうして王都へレオンに連れられて移動してきたのだが、街中に色んな飾りつけがされていて、所々に俺の肖像画が飾られてあった。

「ここ数日、王都には行かないようにって言われてたの、これの準備をしてたからか……」

「まあな。アリスを使って、態《わざ》とアキトに気づかせておき……察しの良いアキトなら、見守ってくれると思ってな」

「そこまで計算してたのか!? マジかよ……」

俺は内心、アリスに対して謝罪をしたのだった。


それから、俺はパーティーの本会場となる場所の更衣室に連れていかれ、衣服を着替えさせられた。

衣服は、俺の体は成長がしてないため、昔のままで問題なく着れた。

「ここ何年も身長の測定はしてなかったけど、これで俺が一切成長してなかった事が再確認されたな……」

「そう落ち込まなくても大丈夫だよ。お爺ちゃんは、『そろそろアキトも体の成長が始まる』って言ってたし」

「そうなれば嬉しいんだけどね……」

着替えた後、俺は兄さんとともに場所を移動して、沢山の人が集まってるパーティーの本会場にやって来た。

俺に気づき、集まっていた人達がバッと俺の方を向いた。

それからパーティーの開会式が行われ、〝初めの挨拶〟として、俺にマイクが持たされる。

「え～、こんなに人が集まってくれた事にまず感謝したいです。俺のために各大陸から態々《わざわざ》来てくれ、忙しい人も中にはいたでしょう。俺の十五歳の誕生日兼、成人祝いのパーティーに来てくださり、本当にありがとうございます。また、こんなパーティーを用意してくれた家族、部下達、そして愛する婚約者に感謝します。皆、本当にありがとう……っと、あまり長く喋ってたら折角のパーティーなのにつまんないので、挨拶はこのくらいで終わりにします」

俺がそう言うと、隣にいた兄さんは笑い、会場から「お誕生日おめでとう！」と声が届き、楽しいパーティーが始まった。


「アキト君、お誕生日おめでとう」

「ありがとう。アリス」

挨拶を終えた俺の所に、アリスは真っ先にやって来てそう言ってくれた。

「正直、こんなに用意してるとは思ってなかったよ。アリスは隠すのが下手だなと思ってたけど、あれは演技だったのか？」

「うん。皆と話し合って、逆にアキト君に察してもらって誘導しようって決めたの」

「マジで気づかなかったよ。普通にアリスは可愛い所もあるな～って思ってた」

「えへへ、成功して良かった」

アリスは笑みを浮かべて言った。

◇　◇　◇

その後、俺はアリスと一緒にパーティー会場を回る事にした。

会場には、学園に通っていた頃の友人達も来てくれていて、その他にも沢山の知人や友人達が来てくれていた。

色んな人と顔を合わせていると、俺は見知った顔だがこの場にいたら騒ぎになるような存在を目にした。

「何してるんですか、アルティメシス様……」

「えっ？　勿論、アキト君を祝いに来たんだよ」

「どこの世界に、主神に成人祝いをしてもらう人間がいるんですか……」

「ここにいるよ」

アルティメシス様はニコニコと笑みを浮かべ、俺を見ながら言った。

「って、待ってください。あっちに楽しそうにお喋りしてる人達も神様じゃないですか？」

「うん。アキト君の誕生日を祝いに、沢山の神々が人間に扮《ふん》して見に来てるよ」

「何でそんな事に……」

「そりゃ、この世界を変えた人物だからね。神々も注目してるんだよ」

アルティメシス様がそう言うと、俺のもとに戦いの神ディーネル様がやって来た。

「成人おめでとうだな、アキト」

「ありがとうございます。ディーネル様も来てくれたんですね」

「おう！　アキトの成人祝いだからな。また暇になったら俺と戦おうぜ！」

「……はい。その時は、よろしくお願いします」

神相手に即断る事はできないため、俺はそう返しておいた。

その後も神々と挨拶をし、隣で一緒に挨拶をしていたアリスは、一度に沢山の神様に会った事で驚き疲れていた。


「アリス。ごめんな、疲れただろ？」

「うん。挨拶するのに疲れたっていうより、驚くのに疲れちゃったよ……まさか、あんなに沢山の神様が来てるなんて思ってもなかった。やっぱりアキト君は凄いね」

神々との挨拶を終えた俺達は、ようやくゆっくりとパーティーを楽しめる事になった。

パーティー会場には沢山の料理が並んでいて、会場の外でも沢山の出店がやっている。

「それにしても、本当に豪華だな……よくもまあ、これだけ準備したよ」

「えへへ、アキト君に喜んでほしいからって皆頑張ってたんだよ。リオンさん達も手伝ってくれたんだ」

「爺ちゃんも？　パーティーが終わったらお礼を言いに行かないとな……」

それから料理を暫く楽しんだ俺とアリスは、「折角なら外も見に行こうと」いう事になり、会場を出て街へと向かった。


「アキト様、おめでとうございます！」

「アキト様、成人。おめでとうございます！」

街に出ると、沢山の人から「おめでとうございます！」とお祝いの言葉をかけてもらった。俺はそんな人達に対し、手を振りながら「ありがとう」と言葉を返し、街の中を歩いた。

「王都全体で、俺を祝ってるみたいだな。これだけの規模の祝いって王族でもされた事ないいんじゃない？」

「アキト君が初だと思うよ。でも、王族の人達も、アキト君はそれだけの事を今までしてきたからやってもいいって言ってくれたの。本当は最初、領土の方でしようと思ってたんだけど、折角なら王都でしようって王族の方達から打診されたんだ」

「そうだったのか、というか、兄さん達もシッカリと関わってたんだね。まあ、明らかに俺を街に

出さないように兄さん達もしてたからな……」

アリスの言葉を聞き、兄さん達も色々としていた事を思い出した。

「……って事は、クロネもこの事を知っていたのか？」

「うん。クロネさんはアキト君の監視役も務めてたんだよ。街に少しでも興味を示そうとしたら、仕事を渡して止めるようにしてたんだ」

「だからか。急に仕事を持ってきたりしてた時があったんだよな……」

「悪いかなって思ってたんだけど、そうでもしないとアキト君を止められなかったから」

まあ、確かに仕事と言われれば俺はそっちを取るから、作戦としては正しかっただろう。仕事を急に任される事が多くて、こういう意図だったとは全く知らなかったけど。


「あっ、こんな所にいた！　アキト、久しぶり！」

「レグルス！　来てくれたんだ！」

街の中を歩いていると、両手に沢山の料理を持ったレグルスが俺の事を見つけ、嬉しそうな顔をして近づいてきた。

「いや〜、ごめんね。もっと早く着く予定だったんだけど、昨日また母さん達が喧嘩してさ。その対応してたら遅くなって……」

「いや、来てくれただけでも嬉しいよ。ありがとう」

レグルスはそう言うと手に持っていた料理を口に咥《くわ》え、手を差し出してきたので、俺は握手を交わした。

「ってか、また見ないうちに随分と大きくなったな……身長いくつだ？」

「この間、測った時は190センチは超えてたよ」

「マジかよ。流石、純血の獣人族だな……」

「逆にアキトは全く変わらないね。もしかして、成長止まったの？」

レグルスは、馬鹿にするような感じではなく、ただ疑問に思った感じで聞いてきた。

「一応、俺はエルフ族の血が流れててさ。それでエルフ族って言うのは、成人を迎える時期に成長するらしいって爺ちゃんには聞いてる」

「へ～、まあ確かにアキトの魔法は凄いから、エルフ族の血が濃いのも頷けるな～」

レグルスはそう言い、両手に持っていた料理を食べ終えると「それじゃ、また後でね！」と言って出店の方へと歩いていった。

レグルスと別れた後、歩き疲れたのでちょっと休もうと思い、公園のベンチに座って休憩をする事にした。

「しかし、街全体で俺の事を祝うって、改めて思うと、本当に凄い事だな……祝われてる身としては嬉しい限りだけど」

これで嫌々参加させられてるなら、俺のせいで……と思っていたかもしれないが、今のところ誰も嫌々参加してる様子ではなかった。

「アキト君の事、この国の人達は好きだと思うよ。アキト君のおかげで生活が豊かになった人、沢山いると思うから」

「そう思われてるのは嬉しい事だからな。これからも頑張らないと……」

その後、休憩を終えた俺達はもう一度街の中を歩き、会場へ戻ってきた。

会場では各国の主要人物が集まっていて、その人達も今日は国の事は気にせず、楽しんでる雰囲気だった。

「おっ、主役が戻ってきたな！」

「ちょっ、そんな大声で言わないでくださいよ。竜王様……ってか、もう完全に酔ってませんか？」

「ハハハッ、今日は祝いの席だからな！」

完全に酒に酔っている竜王様に絡まれた俺が、どう抜けようかなと考えていると、竜人国の人達が慌ててやって来て竜王を回収していってくれた。

「竜王様も楽しんでるみたいだね」

「物凄くな。ってか、まだ昼過ぎくらいなのにあんなに酔って夜まで持つのか？」

「まあ、でも竜人族の人って、お酒に強いイメージだから、少し寝たら回復するんじゃないかな？」

一応、俺の誕生日パーティーは昼から夜まで行われるらしい。夜の方がメインなので、それに合わせて来るという人もいるみたいだ。

　それから俺達は会場の椅子に座って、挨拶に来る人に対しては挨拶を返して、ゆっくりと時間が進むのを待つ事にした。

◇　◇　◇

　それから数時間後。

　夜の部が始まると、昼の時よりも明らかに人が多くなっていた。

「アルティメシス様達が来てる時点で察してましたけど、フィーリア様も来たんですね……」

「最後まで悩んだんだけど、やっぱりアキト君の成人祝いだしね。ちゃんと人間に化けてるから大丈夫よ」

「そう言ってますけど、神聖国の人達は気づいてますからね…」

　神を称える国なだけあり、信仰心の強い神聖国の人達は、人間に化けていてもしっかり神だと認識している。

　そのためちょくちょく騒がしくなってるが、その度に神聖国のトップであり俺の実質的な奴隷である最高司祭のアルマが注意していた。なお、アリスのお母さんと同名だが別人だ。

その後、ダンスパーティーや、俺に対するプレゼントのお渡し会などが行われた。

「何かもう凄すぎて、言葉にできないな……」

プレゼントのお渡し会では、普通に一般の人からも受け取っていて、沢山のプレゼントをもらった。

勿論、一般人ではなく、兄さん達王族や他国の王族貴族からも色んな物をもらった。

その中でも一番謎なプレゼントは、アルティメシス様からのプレゼントだろう。

「何ですか、これは？」

「うん。痛み止めだよ。まあ、今は必要ないけど必要になると思うから、もらっておいて」

「ああ、はい。わかりました」

カプセル状の痛み止めをもらった俺は、何でこんな物を？　と思っていた。


そして、プレゼントのお渡し会が終わった後、誕生日パーティーの最後はダンスパーティーが行われる事になり、俺はアリスと踊る事にした。

「アリス。昔、踊るの苦手って言ってなかった？」

「この日のために練習してきたんだ。アキト君に恥はかかせられないからね」

ダンスが苦手だと言っていたアリスだったが、一緒に踊ってみると全く苦手そうには見えなかった。

その理由は俺に隠れて練習していたからと聞き、俺のために隠れて頑張ってくれていたなんて知らなかった俺は、内心物凄く嬉しくなった。

「アリスは本当に自慢の婚約者だよ」

「えへへ、私もアキト君は自慢だよ」

その後、俺達は夜遅くまで誕生日パーティーを楽しんだ。

そうして、多くの人達に祝ってもらった俺の誕生日パーティーは、世界一の誕生日パーティーとして後世に語り継がれる事になった。

第17話　急成長

誕生日パーティーから二日過ぎ、いつもの日常に戻った。

「成人しても特に変化はないな……」

「ただ誕生日を迎えただけだものね。誕生日を迎えたら世界が変わるなんて事はないでしょ？」

「まあ、確かにな……」

物凄い誕生日パーティーを過ごしたので、何か変化があるかなと期待していた。

しかしパーティーから二日経った今、普通に仕事が再開され、変わらない日常に戻っている。

「……ってか、成人したのに体の変化がないんだけど！」

「もう諦めていいんじゃない？　それがご主人様の成長した姿って事で」

「半分そう思い始めてるけど言葉にして言うんじゃない！　俺はまだ諦めたくないんだ……」

クロネの言葉に傷ついた俺は、今日の仕事を終わりにして帰宅する事にした。


帰宅後、まだ夕飯まで時間があるなと思い、久しぶりにリビングで本を読む。

「んっ？」

一瞬視界がボヤっとして、俺は目を擦った。

そして次の瞬間、体中に激しい痛みを感じる。

「あぐぁっ！」

叫び声を上げ、ソファーから床に倒れ落ちた。

こ、こんな痛み、この世界というか、前世も合わせて初めてだ！

「な、何なんだよ、この痛みはッ！」

息も真面《まとも》にできない。

俺がソファーから落ちた音に気づいたのか、奴隷達とアリスがやって来た。

「ア、アキト君!?　どうしたの、大丈夫!?」

アリス達が俺の視界に入ったところで、俺は意識を失った。

それから何時間経ったかわからない。気づくと俺はベッドに寝かされていた。

「アキト君！　目が覚めたの⁉」

「ああ、アリス。心配かけたな、あれからどれくらい経った？」

「二時間だよ。物音がして見に行ったらアキト君が倒れてて。物凄く心配したんだよ！」

「ごめんな。俺も突然の事で全くわからないんだ……」

心配してくれるアリスにそう言ったところで、今も体中が滅茶苦茶痛い事に気づく。とはいえ、痛みの原因が何なのか全くわからない。

「ねえ、アキト君。まだ痛いの？」

「意識を失いそうくらいには……」

「……あっ！　アキト君。この間の誕生日に、アルティメシス様から〝痛み止め〟もらってなかった？　それを飲んだら少しは和《やわ》らぐんじゃない？」

「そういえばもらってたな。もしかして俺がこうなるってわかっててくれたのか？」

俺は薬を取り出すと、そのまま口に入れた。

すぐに薬の効果が現れ、痛みが和らいでいく。

「……って、即効性がありすぎるだろ」

「もう、痛みが引いたの？」

「うん。楽になったな……ってか、クロネ達も心配で見に来てくれたんだな」

ベッドの横で俺が起きるのを待っていたのは、アリス以外にもいた。レオン、クロネ、シャルルが揃っている。

「そりゃそうでしょ。ご主人様が倒れたって聞いたら飛んでくるわよ」

「疲れて愚痴ってるのは何度も見てきたが、倒れたのは初めてだからな……働きすぎか？」

「いや、過労とかではないとは思う。ここ最近は仕事も忙しくなかったからな。クロネは知ってるだろ？」

俺の秘書で仕事をともにしているクロネにそう問うと、「確かに最近はそこまで忙しくないわね」と頷いた。

「だが、そうじゃなきゃアキトが倒れた原因がわからないぞ？　毒でも盛られたか？」

「王城と家しか行ってないからその線もないだろうな……ってか、気絶させるほど激しい痛みを感じさせる毒なんてあるか？」

「似たような物ならあるけど、ご主人様からは毒の匂いはしないのよね」

元暗殺者で毒に精通しているクロネはそう断言した。

原因を探ろうにも全くわからないのと、薬を飲んだがまだ本調子ではないのもあって、俺はもう一度寝る事にした。

◇　◇　◇

「ふぅ～……何かめっちゃスッキリしたな」

眠りから覚めた俺は、今までの寝起きの中で一番スッキリしていた。

「んっ、俺の髪ってこんなに長かったか？」

上半身だけ起こした俺は、前髪に触れてその長さに違和感を覚える。そして自分の手を見て、また違和感を覚えた。

「何か、大きくないか？」

十五年間見てきた自分の手じゃない。慌ててベッドから起きて、部屋の中に設置してある大きな鏡で自分を確認した。

「な、何じゃこりゃゃゃ!?」

鏡に映る自分を見て、俺は大声を出した。

その声に反応して、ドタドタと人が集まってくる。「アキト君、起きたの？」とアリスの声がして扉を開けられた。

そして、部屋の中に入ってきたアリスと目が合う。

アリスは俺をジッと見て、「ア、アキト君なの？」と口にした。

「起きたら大きくなってた……」

「「「ええええ！」」」

アリス達も大声を出したのだった。

ひとまず服は、今の背丈に一番近いレオンに貸してもらった。それから、こうした現象に詳しいであろう爺ちゃんを家に呼んだ。

「無事に体の成長が行われたみたいじゃな。良かったの、アキト」

「あれは成長痛だったんだね。いやまあ、体が大きくなった事は嬉しいよ？　でもさ、事前に〝激しい痛みを感じる〟って教えてほしかったな……」

「激しい痛みじゃと？　儂の時はそんな事はなかったが、痛みが起きたのか？」

「うん。気絶するくらいの痛みを味わったよ。ここにいる皆は見てたから、俺がどれだけ苦しんでたか知ってるよ」

俺が言うとアリスは頷き、「アキト君が痛さで泣いてるの、初めて見た」と言った。

「ふむ……もしかしたら、アキトの場合は、かなり魔力を保有しておるから、そのせいで成長痛が凄かったのかもしれんな」

「爺ちゃんも感じた事がないなら、事前に注意のしようもないか。兄さん達からも聞いた事がないから、俺だけに起きた現象なのかな……」

「多分、そうじゃな」

その後、爺ちゃんに来てもらった礼を言い、部屋に集まっていた部下達にも「迷惑をかけてすまない」と謝罪した。

それから部下達と爺ちゃんには、既に夜が遅いという事で帰宅してもらった。


「アリスもごめんな、心配かけて」

「ううん。アキト君が悪いんじゃないから……ねえ、アキト君。ちょっとでいいからさ、私の事をギュッと抱きしめてくれない？」

「んっ？　ああ、良いよ」

アリスの頼みを俺は聞いて、アリスを前からギュッと抱きしめた。

以前までの身長ならアリスを見上げる形だった。しかし今は１９０センチほどで、筋肉もほど良くついた体格となっている。

「あふ〜、アキト君、もう良いよ……」

「……だ〜め」

アリスの顔が赤くなってるのに気づいた俺はそう言って、離れようとしたアリスを再度抱きしめた。

「あっ、アキト君!?」

「ふふっ、身長が負けてからはこんな風にできなかったからね。その分堪能させてもらわないと」

驚くアリスにそう言い、夕食が運ばれてくるまでの間、ずっとアリスと抱き合っていた。

第18話　新たな問題

翌日、俺は部下を呼び、新しい服を作ってもらう事にした。俺が「新しい服を作ってほしい」と言うと、部下達は物凄く張りきっていた。

そんな光景を見つつ、クロネがしみじみと言う。

「家系的に美形になるだろうなとは思ってたけど、本当にイケメンになったわね。レオン、顔も負けたんじゃない？」

「おい、旦那に向かってそれはないだろ？」

「お父さんより主の方がカッコいいって、私も思うよ」

妻と娘からそう言われたレオンは、物凄く落ち込み、部屋の隅でいじけていた。

俺は改めて口にする。

「それにしても本当に変わったよな。自分が自分ではない気がするよ。今までの目線の高さから一気に変わったから、皆が小さくなったように感じるし」

「当たり前だけど、ご主人様が大きくなっただけで、私達は変わってないわよ」

「……クロネって意外と小さかったんだな、今まで見上げてたからわからなかったけど」

「言っておくけど背は高い方よ？　ご主人様が大きすぎるのよ」

クロネの言葉は正しい。今の俺はこの世界の平均身長よりも高い方だからな。

「ってか、クロネ。お前の旦那がいじけてるから元気づけてやれよ」

「……それもそうね。ほらっレオン。ご主人様には負けるけど、レオンもいい男よ」

「うんうん。主と比べたら下だけど、お父さんもカッコいいと思うよ」

「そんな慰め方があるか～！」

クロネとレオーネの適当な言葉にレオンは大声で文句を言うと、そのまま部屋から出ていってしまった。

「いや、からかいすぎだろ」

「事実を言っただけよ。私も今まで色んなカッコいい人を見てきたけど、ご主人様に勝てる人はいないわ。アリスちゃんもそう思うでしょ？」

「うん。アキト君、前もカッコ良かったけど、今は別格のカッコ良さがあるよ」

「アリスにそう言ってもらえると嬉しいな」

褒められた俺は素直に嬉しく思い、アリスを抱きしめた。

アリスは顔を真っ赤にして「アキト君、皆がいるよ！」と恥ずかしがっていた。

それから散髪ができる部下を呼び、このうざったい髪を切ってもらう事にした。

「折角長髪になってるのに切っちゃうの？」

「今までそんな長髪にした事なかったから邪魔に感じるんだよな……アリスは長髪と今までみたいな髪型、どっちが好み？」

「前の髪型も好きだけど、長髪のアキト君って新鮮だから……選べないよ……」

「う～ん……それなら、ちょっとだけ切って整えてくれるか？　今の状態はただボサボサしてるから、良い感じに調整してくれ」

アリスの思いを汲み取った俺は、部下にそう指示を出し、期間限定で長髪で過ごす事にした。

前世でもあまり挑戦した事のない髪形のためかなり違和感を覚えるが、アリスが喜んでくれてるから良しとしよう。

「ご主人様が長髪なんて珍しいわ」

「まあ、俺も違和感はあるけど、アリスが喜んでくれてるからな」

その後、爆速で俺の服を仕上げた部下達が服を持ってきたので、レオンから借りてた服から着替えた。

今まで身長が低く、どんな服を着ても子供っぽさが出ていたが、今の体だと逆にどんな服を着てもそれなりに恰好がつく。

「うん。良い感じだな。とりあえず私服はこれで大丈夫だけどもう何着か頼めるか？」

「はい！　お任せください！」

部下達はそう返事をすると、嬉しそうに部屋から出ていった。


アリス達の所に戻ると、アリスは「アキト君、凄くカッコいいよ」と褒めてくれた。

「凄い変わりようね……エルフってこんな変な生き物なの？」

「さぁ？　ってか、エルフの事ならエマ達もわかるんじゃないか？」

俺はふとエマ達の事を思い出し、呼び出す事にした。やって来たエマ達が、早速エルフについて教えてくれる。

「リオン様の言った通り、ご主人様のように、成長する際に激しい痛みを感じたという例は私も知りません。そもそも、子供の姿から一気に大人に成長した事自体、初めて目にしました」

「同じくです。エルフは成人した際に成長し出すのは確かですが、ご主人様のように極端に変わってしまう方は見た事がありません」

という事は、俺が特別なんだろうな。

「爺ちゃんも昨日言ってたが、魔力がありすぎたからこんな事が起きたんだろう。アルティメシス様はこうなるとわかっていたから痛み止めをくれたんだろうが、マジであれがなかったら、もっと苦しんでただろうな」

そう考えた俺は身震いをして、アルティメシス様には後でお礼を言っておこうと思った。

それから俺は成長した体に慣れるために、少し運動をする事にした。

「で、さっきはいじけてた癖に、もう治ったのか？」

「アキトが運動をすると聞いたから、クロガネ達に先を越される前に来たんだよ。どうやら俺が一番みたいだな」

そうしてレオンと模擬戦をして、昼食までの時間を潰すのだった。


そして昼食の時間となり、昼飯を食べていたのだが、そこでも体の変化に気づいた。

「すまん、もう一度おかわりできるか？」

「はい。できますけど本当に大丈夫ですか？　既に三回目ですけど……」

「体が大きくなったせいか、足りないんだよ」

使用人にそう言うと、おかわりを用意してくれた。

「アキト君、沢山食べてるけど、本当に大丈夫なの？」

「うん。正直、今の段階で腹半分くらいなんだよな。体が大きくなって胃も大きくなったのかもしれないな」

大食いじゃなかった俺が沢山食べてる事に対し、心配してくれたアリス。

その後、もう一度おかわりをして計四回おかわりした俺は、食後の運動として今度はクロガネと訓練をする事にした。

「ハァ、ハァ……主、強すぎる」

「えっ、そうか？」

「体が大きくなって体格が良くなったからか、接近戦のキレが以前よりも格段に上がってると思う」

「ふむ……クロガネがそう言うならそうなんだろうな。という事は、もしかしてステータスにも何か変化があったりするのかな？」

確かに、ステータスが変わってるかもしれないな。

俺は訓練を一旦やめ、ステータスを確認する事にした。

名　前　：アキト・フォン・クローウェン
年　齢　：15
種　族　：クォーターエルフ
身　分　：王族、公爵、クローウェン商会・商会長
性　別　：男

属性：全
レベル：342
筋力：98547
魔力：14578
敏捷：80014
運：78
スキル：【鑑定：MAX】【剣術：MAX】【身体能力強化：MAX】
【気配察知：MAX】【全属性魔法：MAX】【魔法強化：MAX】
【無詠唱：MAX】【念力：MAX】【魔力探知：MAX】
【瞑想：MAX】【威圧：MAX】【指揮：MAX】
【付与術：MAX】【偽装：MAX】【信仰心：MAX】
【錬金術：MAX】【調理：MAX】【手芸：MAX】
【使役術：MAX】【技能譲渡：MAX】【念話：MAX】
【木材加工：MAX】【並列思考：MAX】【縮地：MAX】
【予知：MAX】【咆哮：MAX】【幻術：MAX】
【防御の構え：MAX】【精神耐性：MAX】【直感：MAX】
【忍耐力：MAX】【魔法耐性：MAX】【千里眼：MAX】

【限界突破：ＭＡＸ】【棒術：ＭＡＸ】【短剣術：ＭＡＸ】
【槍術：ＭＡＸ】【大剣術：ＭＡＸ】【鞭術：ＭＡＸ】
【魔法剣：ＭＡＸ】【サーチ：ＭＡＸ】【毒耐性：ＭＡＸ】
【麻痺耐性：ＭＡＸ】
固有能力：【超成長】【魔導の才】【武道の才】
【全言語】【図書館ＥＸ】【技能取得率上昇】
【原初魔法】【心眼】【ゲート】
称　号　：努力者　勉強家　従魔使い
魔導士　戦士　信仰者
料理人　妖精の友　戦神
挑む者
加　護　：フィーリアの加護　アルティメシスの加護　アルナの加護
ディーネルの加護　フィオルスの加護　ルリアナの加護
オルムの加護

「……んっ？　能力値がかなり上がってるな」

レベルにしては、能力値が伸びすぎている。

「成長してからわからない事だらけだな……」

自分のステータスがこんなに伸びてる理由がわからないが、別に気にしなくても良いか、と考えるのをやめた。

それからクロガネにもう少し訓練に付き合ってもらい、一日訓練をして自分の新しい体に慣れる事ができた。

◇　◇　◇

「えっと、アキトで合ってるんだよね？」

「勿論。兄さんの可愛い弟だよ」

「うん。その声はアキトだね。確かに数日前までは可愛い弟だったけど、今はどちらかというとカッコいい弟だね……」

翌日、仕事の時間よりも早めに王城に来た俺は、家族に自分の成長した姿を見せた。兄さんは驚き、父さんと母さんは喜んでいた。

「アキトは成長が止まっていたからどうなるかと心配していたが、良かったな……」

「ええ、アキトは身長の事を気にしていたものね。本当に良かったわ」

父さんに続いて、兄さんの隣に座っていたミリア義姉さんが言った。さらにミリア義姉さんは、

「エリク君よりも身長が高いんじゃない？」と、俺と兄さんを見比べる。

「多分超えてると思うよ。何なら父さんの身長も抜いたかもね」

そう言って俺が立つと、兄さんと父さんも立ち上がる。やはり俺が一番身長が高く、その次に兄さんで父さんが一番低かった。

「息子達に身長を超されたが、悔しさよりも嬉しさが勝ってるな……」

父さんは嬉しそうな笑みを浮かべてそう言うと、母さんも「本当にね」と父さんと同じような笑みを浮かべた。

「アミリスもアキトの成長した姿を見たら驚くでしょうね」

「多分そうだね。明日、確か丁度休みみたいだし呼んだら来てくれるかな？」

「絶対に来るわよ。後で手紙を出しておくわね」

母さんは楽しそうにそう言った。

それから少し家族で話をして、仕事の時間になったので部屋を移動した。

部屋に移動した後、姿が変わってる俺に部下達は驚いていた。

まあ、暫くはこういう反応が増えるだろうなと思いながら、俺は皆に事情を説明して仕事を始めるのだった。


「えっ？　あ、アキトなの？」

「うん。アミリス姉さん、数日振りだね」

「アキトだぁぁ!?」

翌日、手紙を見て王城に帰ってきた姉さんは俺と会うと、驚いた顔をして固まってしまった。そして確認のために俺の声を聞き、俺だと認識をすると大声を出した。

「えっ、ど、どうして? この間までこ～んなに小さかったのに、何でそんなに大きくなったの?」

「姉さんも経験したと思うけど、成人したら成長するでしょ? それが起こった結果がこれなんだよ」

「……変わりすぎじゃない? 私もエリク兄さんも経験はしたけど、成長したといっても数センチ身長が伸びたり、体も少ししか変化しなかったよ?」

「爺ちゃんが言うには、魔力が高いから起こった現象なのかもって」

姉さんは「だとしても、凄い変化だよね」と言った。その後、姉さんはペタペタと俺の体を触り、「筋肉質になったね～」と嬉しそうに言った。

「姉さんはさ、前の俺と今の俺はどっちが好き?」

「えっ? どっちも好きだよ。だって、姿が変わっても大切な弟には変わりないもん! まあ、でも今の姿だと頭を撫でられないのが残念だけどね……」

以前まで、姉さんはよく俺の頭を撫でていたが、今の姿は姉さんよりも身長が高く、姉さんが俺の頭を撫でるには、大分背伸びをしてギリギリという感じだ。

俺は残念そうに言った姉さんに対し、腰を下げて姉さんと目線が合う高さにした。

「はい。これなら、姉さんも撫でられる？」

「ッ！」

姉さんは驚いた顔をするとすぐに笑みを浮かべ、「アキトはいつまでも可愛い弟だよ」と言って俺の頭を撫でた。

その日は仕事もそんなに忙しくなく、兄さんも早めに仕事が終わったので、折角姉さんが城に帰ってきていたので久しぶりに一緒に出かける事にした。

◇　◇　◇

「……ったく、楽しい一日を過ぎた翌日に嫌な話を聞いたな」

久しぶりに姉さん、兄さんと楽しく過ごした翌日。

俺は影からの報告書を見て、機嫌が一気に悪くなった。

「どうしたのご主人様。やけに機嫌が悪そうだけど？」

「これを見ろ」

俺の機嫌が悪い事を察したクロネがそう言ってきたので、俺は報告書を見せた。

影からの報告書には、〝俺の姿が変わった事により、威厳もある王として俺を推す者達が増えた〟と書いてあった。

「マジでさ、こいつらの馬鹿さ加減に嫌気がさす……一回、地獄を見せてやってもいいかな？」

「別に悪い事はしてないから、それをしたら悪く思われるわよ？　でもこの問題って早く王位をご主人様のお兄さんに渡したら解決するんじゃないの？」

「父さんからは、王位を継がせるために準備はしてるとは聞いてる。だけど、正直今のペースだと俺の我慢の方が先に弾けそうだな……いっその事、俺が完全に兄さんの後ろ盾になって後押しして王にさせるってのも手だな……」

「手っ取り早いのはそれじゃないかしら？　王に興味がないならさっさと問題解決した方がいいわよ。これ以上問題を放置してると、アリスちゃんにも迷惑がかかるかもしれないし」

クロネの言葉を聞いた俺は、確かにその可能性もあるなと思った。

それから「兄さん達と話してみるか」と言って、仕事を終わらせ、話し合いをするために父さんと兄さんを部屋に集めた。


父さん達は、俺から呼び出された事を不思議に思っていたが、影からの報告書を見せると、理由を察してくれた。

「父さんが、兄さんに王位を継がせるために準備してる事は俺も知ってる。だけどそろそろ俺の我慢の方が限界だ。これ以上馬鹿な奴らが集まって、万が一でも兄さんの邪魔でもしたら、いくら属国の奴らとはいえ手が出てしまうかもしれない」

「……アキトには迷惑をかけてると思ってる。本当にすまない」

「ごめんね。アキト。兄さんが不甲斐《ふがい》ないばかりに……」

俺の言葉を聞いた、父さんと兄さんはそう謝罪をした。

「父さんと兄さんが悪いわけじゃないから謝らないでよ。これが起きた原因は俺の責任だ。大人しく第二王子として生活していれば、俺に期待する奴らもいなかったと思うし」

「それこそ違うよ。アキトのおかげで今の国があるんだから。自分を悪く思わないでほしい」

俺の言葉に、兄さんはすかさずそう言うと、父さんも「そうだ。今のこの国があるのは、アキトのおかげでもある」と頷いた。

それから互いに、「自分が悪いという事はなしにしよう」と言い合って、これからについて考える事にした。

「もうさ、いっそ兄さんを王にした方が早くない？　王になった後でも勉強はできるんだしさ」

「そうしたいが、納得しない者達がいるのだ。我々王族が自分達の考えだけで政策を行えば歯向かう者達が出てくる。そういう者達を出さないためには、正式な手順を取らないといけない」

まあ、確かに王族がいいようにできる国は良い国とはいえないな。

「じゃあれだ。煩い奴らを黙らせるため、兄さんには功績を積んでもらわないといけないって事か」

「簡単に言ってしまえばそうだな……父さんの思いとしても、王になるのを嫌がってるアキトより、王としての才能を持ってるエリクに王になってもらいたい。しかし、功績の多いアキトの方が良いと考える者達は、どうもエリクの良さに気づいておらんのだ」

「気づいてたらこんな事はしないよね。俺の部下に奴隷が多い時点で色々と考えてほしい」

とりあえず、〝俺が何故奴隷を多く持っているのか？〟についてだが、それは単純に裏切り行為防止のためだ。

別に奴隷じゃないと裏切るとは思ってないが、信用できるのは奴隷だろう。長年俺に仕えてるレント達にも信頼は置いてるが、基本的にはどこかやっぱり警戒してしまう。

ちなみにそうするようになったのは、多くの貴族達から俺の価値が高い事に気づかれたあたりからだろう。

幼少期はただの第二王子だったが、あれこれやってるうちに、俺の才能に気づいた貴族どもが、俺の嫁候補になろうとした。

「影を作っておいて良かったと常々思うよ。兄さんも結婚して子供ができたからって安心はしちゃ駄目だよ？」

「わかってるよ。そのためにもアキトに第零軍隊を作ってもらったんだから」

「父さんには作ってくれなかったのに、エリクには作ってやるんだな……」

「王を継いでもらうんだから、兄さんには安全でいてもらわないといけないからね」

別に父さんがどうでも良いとは思ってないが、兄さんにもしもの事があれば絶対に俺にその役目が回ってきてしまう。だから、何としてでも兄さんの安全は確保しておいた方がいいと思ったんだ。

「ともかく、俺は奴隷で周囲を固めなきゃいけないくらい器が小さくて王向きじゃないんだよ。でさ、俺が兄さんの功績を作るのも考えたけど、バレたら大変だもんな……今のままが一番かな？」

「……いや、そろそろアキトに無理をさせすぎてる気もするから、こっちも行動した方が良いと思う。でも、多分僕や父さんだけの力じゃ無理だと思うから、アキトの力も貸してほしい」

「勿論、力は貸すよ。兄さんが王になってくれるのは、俺としてもありがたいからね」

兄さんからの頼みに対し、俺は即答でそう返した。

それから具体的にどうしていくのか。「まずはこちらの陣営の人達を集めて話し合いを開こう」と兄さんは言い、現時点で兄さんが王になる事を支持している貴族達を集めようとなった。

第19話　新たな王

兄さんに王位を継がせる作戦を考えるため、現時点で兄さんを支持してる貴族達に集まってもらった。

「あれ、普通に多いね」

「文句を言う人達は一定数いるけど、全体で見ればそんなに多くないんだよ。一応これでもそれなりに王子として活躍の場は与えられ、そこで僕の力を見てもらい、認めてもらってきたからさ」

「という事は、残りは馬鹿な奴らって事？」

「そうでもないよ。僕かアキト、どっちがより良い王になるかで、決めかねてる人もいるからね。全員が全員、馬鹿な人とは言いきれないよ」

兄さんがそう言うと、この場に集まっていた貴族の人達は頷き、「私達も迷っていた時期がありますから彼らの気持ちはわかります」と言った。

「でも、ここに集まったという事は、兄さんを支持しようと心に決めたんですよね？　その理由って何ですか？」

「まあ、私どもが決めた大きな理由の一つは、アキト様が王になる事を拒《こば》んでいるからです。民を導いていく方がそんな方だと、国が崩壊する可能性もあります。その点、エリク様は幼い時から勉学に励《はげ》み、王になる才能を持っていました。私どもも、アキト様の強さに惹かれた事もありますが……やはり次の王として相応《ふさわ》しいと思ったのは、エリク様でした」

「なるほどね。文句言ってる人達も早くそう思ってほしいんだけど……中々上手くいかないよな……」

「王になる事を拒むアキト様を支持したところで、自分達の首を絞めてる事は、彼らもわかってると思います。ですが、そうであったとしても、アキト様が王になった姿を見たいと思うのでしょう。

そこのところは、どうかご理解いただきたいです」

貴族のおじさんにそう言われた俺は、「確かにそう思うのも仕方ないか」と思い、俺の事を王にしようとしてる奴らに対しての嫌悪感が少しだけ下がったのだった。

その後、話し合いが始まり、色んな意見が飛び交った。

やはり人が多いと意見もそれだけ出る。かなり意味のある会議を開く事ができたな。


「へ～、そんな会議を今日はしていたんだ。大変そうだね……」

「まあ、大変だけどやらないといけなかった事だからね。俺が成長した今、また俺を王にしようとしてる奴らが増えてるから、そいつらに意見を言わせせないように頑張らないといけないんだ」

帰宅後、アリスと夕食を食べながら今日の話をした。アリスは「力になれる事があったら、いつでも言ってね」と言ってくれた。

「それじゃ、明日もその会議の続きをするの？」

「その予定だね。いいアイディアは出たけど、まだ『これだ！』って決まったわけじゃないから、もう少し意見を聞いて、より明確に計画を立てようとしてるんだ」

「そうなんだね。それじゃ、私の方でも何かいいアイディアがないか聞いておこうかな。もしかしたら、いい案が出るかもしれないし」

「それはいいかもね。それじゃ、アリス頼んでもいいかな？」

アリスにそう言い、部下達の間で何かいい案が出たら教えてほしい、と頼んでおいた。

翌日、俺達は朝から会議室に集まり、話し合っていた。

「いいアイディアは出るけど、具体的な計画に繋がらないな……」

「まあ、それが決まってたら、こんな長い間放置されなかっただろうしね……」

「そうだよね～」

昼食時間になり、一旦会議を終えて昼飯を食べに食堂に移動した俺は、兄さんと同じ席で食べながら、会議の事を話した。兄さんが申し訳なさそうに言う。

「こうしてみると、僕もちゃんとした功績を残しておけば良かったって後悔してるよ。勉学だけの道に進まず、お爺ちゃんに魔法を習ったりしていたら未来は変わってたかもしれないね」

「……俺としては、兄さんが勉学の道に進んだのは良かったと思ってるよ。だって、そうだったからこそ、沢山の貴族から王に相応しいと思われてるんだからね」

「そこに関しては本当にありがたいと思ってるよ。こんな僕の事を支持してくれてるからね」

その後、食事を終えた俺達は再び会議室に戻って話し合いを再開したのだった。

そうして二日間、みっちりと話し合った。だが、計画は未だ決めきれず、その日も新しい成果はなく帰宅する事になった。

「それじゃ、二日目も特に進展はないの？」

「なかったな……アリスの方はどうだった？」

「う〜ん。一応、案は出たけど、アキト君の方の話し合いの中で出てるかもしれないかな」

アリスはそう言うと、部下達の間で話し合って出た案をまとめた資料を渡してくれた。その資料を見ていると、一ついい案があった。

「これは良いかもな……アリス。この資料もらっていってもいいか？　明日の会議でちょっと話してみようと思うんだけど」

「アキト君達のためにまとめた資料だし当然だよ」

そう言われた俺は、アリスを抱きしめて「ありがと、アリス。好きだよ」と言う。

アリスは「と、突然抱きしめないでよ！」と顔を真っ赤にして叫び、そんな俺達のやり取りを部屋にいた使用人達は微笑ましそうな表情で見ていた。

◇　◇　◇

そして翌日、会議が始まってすぐに、昨日ピンッと来た案を発表した。

その内容は、寂れた王都に賑やかさを取り戻すというもの。

過度に人を集めている俺の領地から人を適度に放出させ、俺の内政仕事を減らしつつ、兄さんの評価をしっかり上げるという、いわば一石二鳥の作戦だった。

「確かにいい案だとは思います。最近、王都は寂しくなってましたし、あの頃のような賑やかさを取り戻せれば、王としての評判も上がるでしょう」

「しかし問題なのは、やはりアキト様の領地でしょうな。あの地は我が国一番の街となっていて、今なお人が増え続けています。そんな街からどうやって人を引っ張り、王都に呼び寄せるのか」

「それに今回は、エリク様の王としての器をアピールするという目的があります。言うまでもなく、アキト様の力は借りられないでしょうし……」

貴族達は一番の問題として、〝俺の力を借りれない〟という点を挙げたが、俺はそれに反論するように言う。

「俺の力は借りれなくとも、貴族としての支援は受けられるよ。貴族が王に協力するというのは今までもあったからね。だから、あまり無理はしなくても大丈夫だよ」

「うん。わかってる。僕の力で何とかしてみせるよ」

兄さんはやる気に満ちた顔をしてそう言うと、その場にいた貴族達に「どうか、僕に力を貸してください」と頭を下げるのだった。

それから数日後、俺は普通に仕事をしつつ、たまの息抜きでリベルトさんと一緒に兵士達の訓練を行っていた。

リベルトさんが言う。

「最近、王都が変わっていってるみたいだが、あれはアキトの仕業《しわざ》か？」

「いや、今回は俺は関わってませんよ。王都が変わってるのは、兄さんが政策を行ってるためです。アルマさんから何か聞いてませんか？」

「……そういえば少し前にそれらしい事を言っていたな」

「多分言ってますよ。リベルトさん、いくら将軍職を退いたからって国の事を知らなすぎるのは貴族として駄目だと思いますよ？」

俺はそう注意をすると、リベルトさんは申し訳なさそうな顔をして「す、すまん」と謝罪をした。

運動を終えた俺は仕事部屋に戻り、仕事を再開した。

「クロネ。兄さんがやってる王都の改革だけど、どんな感じなのか知ってるか？」

「ある程度は知ってるわよ。まあ流石というべきか、王としての才能は確かにあるみたいね。各貴族から人員を集めて、王都の改革を指揮を執っているみたいよ。初めて会う人もいる中、完璧な指示出しで現場は問題なく進んでるみたいね」

「まあ、兄さんはそういった方の才能があるからな～。俺みたいに部下を奴隷でまとめるんじゃなくて、普通の人達を従える兄さんには凄く合った才能だと思うよ」

「そうね。それにしても、あんな凄い才能があるのに、何で支持者が集まらないのかしら？」

クロネは当然の疑問を口にした。

「その能力が使われる機会が少ないからだよ。ここ数年、ジルニア国は他国と良い関係を保ってるだろ？　兄さんの才能は、戦時だったらもっとわかりやすく発揮されたんだ。だけど、その機会を俺が全部奪ってしまったからな……才能が発揮される場面がないんだ」

「なるほどね〜。確かに、あの才能は戦時がわかりやすいわね……現場に出て、集まった者達に指揮を出す様は王の風格だったわ。よくご主人様達はそんな才能に気づいてたわね」

「家族だからな。ずっと一緒に暮らしてるから家族の良い所は知ってる。兄さんの良さも、俺は昔から知っていたから、俺が王になるよりも兄さんが絶対に良いって思ってたんだ」

兄さんの〝指揮する能力〟は本当に凄まじく、俺みたいに強さだけしか取り柄がないような奴よりも断然、王に向いていると思う。

「でもそれなら、もっと早くから才能を見せつけてたら良かったんじゃないの？　いくらでも才能を見せつける場面は作れたんじゃないのかしら？」

「まあ、正直それはそう思うよ。ただまあ、俺も思いつかなかったしな……今回も計画を立てられたのは、アリス達が案を出してくれたおかげだし」

「ふ〜ん……まあ、これでご主人様が王になってほしいって言われる事がなくなるんなら、良い事だし、このまま上手く進んだらいいわね」

「俺の方でいつでもサポートできる体制はとってあるから、上手くいく事を願ってるよ」

◇　◇　◇

そうして改革を始めて約一ヵ月経つ頃には——少しずつだが、王都に人の流れができていた。

なお、兄さんが行った施策は、〝王都をより過ごしやすい街へと変える〟というもので、聞いてみると簡単そうだが、実は難しい事業だった。

過ごしやすいと思うのは人それぞれで、種族が違えば住みづらさも感じてしまう。ジルニア国は色んな国から移民してくる人が多く、そんな他種族に合わせた街作りはかなり難しい。

しかし、兄さんは各種族の好き嫌いを把握して、街作り反映させていった。


「たった一月で、王都はかなり変わったみたいだね」

仕事終わり、父さんと二人で部屋に集まり、俺は父さんにそう言った。

「エリクに才能があるのは昔から知っていたが、ここまでとはな……アキトはエリクの事を信じきっていたが、その才能をここまでだと思っていたか？」

「兄弟の勘ってのもあるけど、兄さんには強い力を感じていたからね。多分、アミリス姉さんも同じだと思うよ。兄さんは第一王子として、俺達兄妹の一番上として、今まで色んな事を頑張っていたんだ。たまにさ、兄さんの事を〝弱い人間〟と見誤る人がいるけど、俺は兄さんを見てそう思った事はないよ。兄さんの中に眠る力を感じていたからね」

そう俺が言うと、父さんは「アキトは本当にエリクの事が好きなんだな」と言った。

「そりゃ、大切な家族だからね。勿論、姉さんも大切だし、父さんや母さん、爺ちゃんに婆ちゃん、アリス達も俺の大切な家族だから、凄く大切に思ってるよ」

「ハハッ、息子にここまで言われると、何だかむず痒いな！」

父さんは豪快に笑った。

その後、父さんは自粛気味だったお酒を飲み、俺が生まれる前の兄さんの話をしてくれたのだった。


兄さんの政策が上手くいき出すと、今まで俺を支持していた貴族達は詫びを入れ、兄さんを支持するようになった。

「兄さん、良かったね。これで無事に王になれるよ」

「うん。本当に色々とあったけど、ようやくだよ」

兄さんは、凛々《りり》しい顔つきをしてそう言った。

「何だか兄さん、顔つきが変わったね。どことなく王らしくなってるよ」

「そ、そうかな？　そうだったら嬉しいかな」

「ぷっ、褒めたばっかりなのにそんな風に笑ったら、一瞬で消えちゃったよ」

俺から褒められた兄さんは、凛々しい顔つきを崩し、いつもの優しそうな表情に戻ったのだった。

◇　◇　◇

それから数日後、兄さんの王位継承の儀が行われた。

その儀式には多くの人達が集まり、隠居生活している爺ちゃん達も王城に足を運んだ。

王位継承の儀を終えた後には、新たな王の誕生のパーティーが行われた。

新たな王になった兄さんは、色んな貴族と挨拶をして回っていた。


そしてパーティーの翌日、俺は王になった兄さんに呼び出され、部屋のソファーに座ると兄さんから次の事を言われた。

「まあ、王になったからといって特に変わる事はないね……アキトもそう思うでしょ？」

俺はそんな兄さんを見て、笑みを浮かべ、少しだけ悪戯《いたずら》しようと考えた。

「いえ、エリク王。これからは王と家臣という間柄ですから、今までみたいに慣れ慣れしくは接する事ができなくなりました」

「えっ、突然どうしちゃったのアキト!?　そんな畏《かしこ》まった喋りしないでよ！」

「しかし、既に王になられたエリク王に対し、今までのような対応ですと不敬になってしまいます……」

俺は普段、あまり使わない敬語を使った。

すると、兄さんは慌てて立ち上がり「今までみたいに仲良く喋らないと嫌だよ！」と泣き叫んだ。

「ぷっ、ハハハ！　兄さん、王になってまだ数時間なのにそんな泣き叫ぶって、王としての威厳が失われるよ」

「あ、アキトが僕をからかうからだよ！　もう、本当に悲しくなったんだからね？」

「大丈夫だよ。兄さんが王になったとしても、俺と兄さんは兄弟なんだから今までみたいに接するよ」

ムスッとした表情をする兄さんにそう言うと、扉が開き、アミリス姉さんが入ってきた。

「勿論、私も今まで通り兄さんには普通に接するわ。そっちの方がいいんでしょ？」

「うん。そっちの方が僕としては嬉しいよ。あっ、でも公《おおやけ》の場だと煩く言われると思うから、その時は王と家臣の喋りでも大丈夫だよ」

「わかってるよ。そんな場で、今までみたいに接したら示しがつかないもんね」

「うんうん。まあ、私は学園の教師になってるからね、公の場にはあまり出ないからそうなる事はないと思うけど、アキト君はたまにおっちょこちょいだから気をつけてね？」

アミリス姉さんからそう言われた俺は「わかってるよ」と言葉を返し、それから少し兄弟だけで久しぶりに談笑をした。

その後、今日も仕事があるので部屋を出て仕事部屋に戻り、仕事を始めた。

◇　◇　◇

「そういえば、ご主人様って結婚式はいつにするの？　もうアリスちゃんも成人してるよね？」

「ああ、本当は成人してからすぐに挙げようと思ってたんだけど、今回の事があっただろ？　それに、成人前に俺の結婚式用の服とか用意してたんだけど、体がいきなり成長したから作り直したりしてるから、ちょっと遅れてるんだよ」

「そうだったのね。って成人前に服を用意するなんて、もしかして成長する可能性がないってご主人様も思ってたって事じゃないの？」

「う、煩い！　すぐに結婚式ができるように念のために用意してただけだ！」

クロネに図星を突かれた俺はそう反論して「仕事をするぞ！」と言い、ニヤニヤと笑みを浮かべるクロネは「は～い」と仕事に取りかかった。


そうしてその日の仕事を終えた俺は帰宅すると、いつもより早めに仕事が終わったアリスがリビングで休んでいた。

「アキト君、おかえりなさい。今日は早かったね」

「最近は仕事も落ち着いてるからね。アリスの方もそんな感じか？」

「うん。王都に人が流れたから、少しだけ余裕ができたの」

「王都の改革をしたおかげだな。良い事だ」

俺がそう言うと、アリスも頷き「もう少し人が移ってくれたら、休みも増やせそうなんだよね～」と言った。

それからアリスと談笑をしていた俺は、ふと昼間のクロネの言葉を思い出した。

「なあ、アリス。そろそろ、結婚式の準備をちゃんと進めようと思うんだけどさ、結婚式の要望は前と変わってない？」

「うん。変わってないよ」

「そう。それなら、その話で準備を進めてもらうね」

アリスの結婚式に対しての要望はただ一つ、場所は別荘地のホテルが良いとの事だった。

あのホテルから見える絶景がアリスのお気に入りで、俺と休みが被った日で泊まれそうな日は、何度も泊まりに行っている。

「招待する人に関してだけど、身内だけだとあのホテルは寂しいから、他国の繋がりのある人達も呼ぼうと思ってるんだけどいいかな？」

「勿論。領地の仕事を始めて、人見知りも大分なくなったから大丈夫だよ」

「それじゃ、一応招待する人は資料にまとめるから、駄目そうなら言ってね」

「別に駄目って言わないよ？　アキト君、私を心配に思うのはわかるけど、結婚式って大事な行事だから、呼びたい人を呼ぶのが良いと私は思うよ。私もちゃんと呼びたい人は呼ぶつもりだから」

アリスの事を気遣って言った言葉に対し、アリスはそう言った。

「……ごめん。アリスの事を考えすぎて、ちょっと突っ走ってしまった」

「ううん、大丈夫だよ。アキト君が私の事を第一に考えてくれてるのはわかってるから。でも、結婚式は私達にとって大事な儀式。アキト君が呼びたい人を呼ぶのが良いよ」

「わかった。そうするよ」

俺はそう言って、アリスに「ごめんな」と言って頭を下げた。

そんな俺の下げた頭にアリスは手を置くと、「アキト君、いい子いい子」と頭を撫でてくれた。

「どうして今、撫でたの？」

「普段、私が手が届かない所にある頭が目の前に来たから～」

アリスは凄く良い笑顔でそう言い、俺は暫く撫でられてようと思って、そのままの体勢を維持する事にした。

まあ、それから数分間、同じ体勢を取っていた俺は体が痺れ、暫く真面《まとも》に動けなくなってしまったのだった。

第20話　アキトとアリスの結婚

新たな王として兄さんが即位してから、早くも一週間が経過した。

新王の誕生に、王都は数日間騒がしかった。だが、そんな騒がしさも収まってくる。とはいえ、以前まで人が少なくなっていた王都に、少しずつだが人が増え始めていた。これは兄さんの政策が成功したおかげだ。


「それで、アキトの結婚式はいつあるの？」

王都も落ち着き、兄さんも王の仕事に慣れ始めた頃、兄さんに部屋に呼び出された俺はそんな事を聞かれた。

「それ、クロネから聞かれたけどさ、俺とアリスが結婚するみたいな噂が流れてる？」

「そんな事はないとは思うけど、ほらっ、アキト達はずっと婚約してるだろ？　それで二人とも成人したからいつするんだろうって気になって」

「ふ～ん……まあ、結婚式は近いうちに挙げるつもりではいるよ。後、遅れた原因は主に国に関係があるんだけどね」

「って事は、僕が王になるのを待っていたの？」

兄さんのその言葉に対し、俺は「半分はあってるかな」と答えた。

「俺が先に結婚して子供でもできたら、俺に『王になってくれ』的な勢力がまた盛り上がりそうでしょ？　だから、ちょっと待ってたんだよ」

「そうだったのか。結婚に関しても邪魔してたんだね……」

「謝らないでよ。一国の王になったんだから、そんなすぐにヘコヘコと頭を下げちゃ駄目だよ」

謝ろうとした兄さんに対し、先手を打ってそう言っておいた。

結婚式については、「また後日伝えられると思うから」と言っておく。

それから部屋を出ていき、その日の仕事を終えた俺は、家には帰らず結婚式の準備を進めてる部下達の所へ向かった。


「進捗《しんちょく》はどんな感じだ？」

「はい。場所に関しましては、アキト様所有の土地ですのですぐに用意できたのですが、服の方が少し手間取っていまして……」

「何が問題なんだ？」

「……作業をしている者達がご主人様には、最高の服を着てもらいたいと言い張って、数日間作業を続けているのですが、未だ完成の目途《めど》が立たない状態です」

俺の部下は良くも悪くも凝り性が多いからな。

「わかった。服の準備はひとまず置いとくとして、他の事はどうなってる？」

「着々と準備は進んでおります。食材も既に手配は済んでおりますので、後は服だけです」

「そうか、わかった。とりあえず、服に関しては妥協はしなくても良いけど、時間も大切にしろとだけ伝えておいてくれ」

「はい。わかりました」


それから俺は帰宅して、アリスに結婚式の準備がどれくらい進んでいるのか伝えた。

「やっぱり、アキト君のために頑張ってるんだね」

「まあ、頑張りすぎて時間がかかりすぎてるのはちょっと問題だけど、俺が成長しすぎたせいってのもあるからな……ごめんな、結婚式が遅れてしまって」

「ううん、気にしなくて大丈夫だよ。それに結婚してなくとも、こうしてアキト君と一緒に過ごせてるから私は楽しいよ」

アリスは笑みを浮かべてそう言ってくれたので、俺は「俺もアリスと生活ができて凄く楽しいよ」と言い、俺達は笑い合った。


それから数日後、ようやく服が完成したと連絡が届き、俺は服を見に向かった。

「へ～、白色なのか……いいな」

「アキト様を映えさせるために黒か白の二択で迷ったのですが、やはりここは白色を基調としたスーツが良いと思いましてご準備させていただきました。気に入っていただけましたでしょうか？」

「ああ、凄く良いと思う。こんないいスーツを用意してくれてありがとな」

そう言うと、服を作ってくれた部下は嬉しさのあまり涙を流して「ありがとうございます！」と大きな声で言った。

その後、試着をして問題がない事を確認した俺は、急いで招待状に日程を追加して招待をしようと思ってる人達に送った。


「それで一応、これだけの人達に送ったんだけどさ、結婚をした先輩としてどう思う？」

「……招待しすぎじゃないの？」

招待状を送った翌日、俺は結婚式を挙げた先輩のクロネに招待客の人数を聞いた。

すると、クロネは呆れた顔をしてそう言った。

「やっぱり、そう思うか？　どう減らしてもこれくらいになってしまったんだよな……ジルニア国は知り合いも多いから、呼ぶ人数は必然的に多くなるし、竜人国や獣人国は交流も深いからな……魔帝国に関しては皇帝が来るから、それとついでに知ってる人達も招待しようってなったらこれだけの量になってしまった」

「まあ、でもご主人様の繋がりを考えてみると……うん。それでも、多いわね。いくら、アリスちゃんが許可したとはいえ、これだけの人数は普通に驚くわよ？」

「そうだよな～。でも、これでも絞った方なんだぜ？」

「わかるわよ、ご主人様の交友関係は見てきたから。それに多分だけど、ご主人様から招待されたら全員来ると思うし、それ相応の準備はしておいた方が良いと思うわよ」

クロネからそう言われた俺は、その日の帰りに結婚式の準備をしている部下に、食事に関しては余裕をもって準備しておくようにと伝えた。

ホテル側にも、部屋は全部使うかもしれないから、清掃をちゃんとしておくようにと伝えておくのだった。

◇　◇　◇

そして結婚式の準備が進み、結婚式当日となった。

「アキト君、遂に結婚式だね」

「ああ、ここまで来るのにそんな年月は経ってないのに、やっとって感じだな……」

「そうだね。私も同じ感覚だよ」

俺とアリスは招待客が来るよりも前にホテルに入りながらそう言って、お互い別々の準備室に連れていかれた。

　この日のために用意したスーツに着替え、少しだけ身だしなみを整える程度に化粧をした俺は、アリスの部屋の前で待機した。

「アキト君、もういるんだよね？」

「いるよ。準備終わったの？」

「うん。今出るね」

　アリスはそう言うと、準備室から出てきた。

　ドレスに身を包み、化粧をしたアリスは一段と綺麗さが上がっていて、その姿に俺は見惚《みと》れて言葉を失った。

「アリス。凄く綺麗だね。こんな綺麗な女性を妻に迎え入れる事ができる俺は、最高に幸運な男だよ」

「私もこんな凄くカッコいい男性と結婚できるのは、最高に幸運だと思うよ」

　お互いにを褒め合った俺達は、既に会場の方には招待客が集まってるみたいなので、係の案内のもと、移動を開始した。

　会場の扉の前に着く。アリスを視線の端に入れると、物凄く緊張していた。

「アリス。緊張してるの？」

「う、うん。やっぱり、いざ始まるってなると何だか……」

「大丈夫だよ。隣には俺がいるから」

俺はそう言って、アリスの手を握る。

アリスは笑みを浮かべて「ありがとう」と言った。

それで緊張が解けたアリスは、入場の合図が鳴り扉が開くと、嬉しそうな顔をして会場に入り、俺も同じように表情を作って後に続いた。

◇　◇　◇

「ふ～……一日中仕事をした時よりも疲れた」

「うん。あんなに沢山の人の視線を感じたの初めて。変な疲れ方をしたよね」

結婚式が始まると、殆どの事は司会役が進行してくれたので、俺達のする事は少なかった。

だが、度々驚くような事が起きて疲れてしまった。

「まさか、俺の成人祝いのパーティーに来ていた時以上に、神々が結婚式に来るとは思わなかったよ。それも神の姿をしたままで……」

「あれは本当に驚いたよね。祝福だって言われて、さっきステータスを見たら加護の所に〝神々の加護〟って加護が追加されてて驚いちゃった」

「俺もだよ。今日現れた神様達がこの世界の神々なんだろうね……ほら、アルティメシス様はぼっちだけど主神様だから、呼びつけたのかもな」

主神であるため、神々の招集はできるのだろう。

それで、俺とアリスの結婚式を祝いに来てくれたのかもしれないけど……正直やりすぎだと思う。会場はちょっとした騒ぎとなったし。

「加護自体悪くはないし、これからの人生の助けになるだろうね」

「うん。アルティメシス様が最後に言ってたけど、清き心の子孫には加護を受け継がせていくって。私とアキト君の子供ができたら、その子にも加護が受け継がれるみたいだね」

「それはありがたいな……ってか、アリス。もう夫婦なんだから、アキト君じゃないだろ？」

「あっ、えっと……アキト」

アリスは恥ずかしそうに言い、顔を手で覆って「まだ無理！」と叫んだ。

「恥ずかしがらなくてもいいだろ。さっき誓いのキスもしたんだからさ」

「あうう……あんなに大勢の前でしたの、ちょっとだけ後悔してる……」

「大勢呼んでもいいって言ったのはアリスだけど……やっぱり抑えておけば良かったね」

結婚式という事で、皆の前で誓いのキスをした。

アリスはキスする事はわかっていたが、あんなにも大勢の前でするという事にとても恥ずかしそうにしていた。

「そういえば、各王家からのプレゼントも凄かったな」

「そうだよね。結婚だから二人で使う物をくれたりしてたけど、その中でも異彩を放ってたのはやっぱり竜人国からの贈り物だよね」

竜人国は特別な物を用意していて、竜神様から授かったという巨大な角をプレゼントされた。

その角から作られた武器は最高級品となり、俺の好きな武器を作ってもらって構わないとの事だった。

今は戦いから身を引いてはいるが、いつの日かまた危険な事が起こった際にいつでも戦えるようにこれで武器を作ろうと思う。

「リベルトさんも凄く泣いてたけど、嬉しそうだったね」

「うん。あんなに泣いてるお父さん、初めて見たよ。それに、お母さんも涙流してて驚いたな～」

「俺の家族も泣いてたけど、兄さんや姉さんの涙はよく見てたからね。まあ、驚いたというところで言うと、母さんが涙を流してる姿は見た事がなかったから、何か新鮮だったな」

俺とアリスの結婚を特に喜んだのは、両家の家族だろう。

ジルニア国王家は全員が参加しており、皆涙を流していた。

あの爺ちゃんでさえ、小粒ではあるが、嬉しそうな表情をしながら涙を流していて、そんなに喜んでもらえたんだと思った。

「……さてと、アリスさんや。そろそろ式の疲れも癒されたと思うのですが、始めても良いかな？」

「……うん。もう大丈夫だよ。アキト、来て」

俺とアリスはいつも同じベッドで寝ているが、今日はいつもとは違い、夜遅くまで愛し合ったのだった。


「ん～……あ～、朝か」

初夜を終えた後、二人で風呂に入った俺達は、そのまま服を着ずに裸でベッドに寝ていた。

隣を見ると、何も着用してないアリスがスヤスヤと寝ている。

「十五年、前世も合わせると三十歳を超えてからの卒業か……長かったな」

俺は前世では彼女を作った事がなく、恋愛をした事がないまま死んで、この世界に転生した。

そして、十五年間この世界で生活をして可愛い婚約者ができ、その婚約者と結婚をして初夜を迎えた。

何だか男として一皮剥けたという感があるな。

「ん～……あれ、アキトはもう起きてたの？」

「おはよう。アリス。俺もさっき起きたばっかりだよ。それよりも、服着ようか」

「あっ、あのまま寝ちゃったみたいだね」

「あれ？　昨日はあんなに恥ずかしがってたのに、もう恥ずかしくないの？」

初夜を迎える際、アリスは物凄く恥ずかしがっていたが、今は特にそんな感じはない。

「アキトには全部見せたから、あんまり気にならないよ。多分、私の事だから後で物凄く恥ずかしがると思うけど」

それから俺達は服を着て、顔を洗って、身支度をして、ホテルの部屋を出て、レストランに向かった。


「……」

「アリス。そろそろ、切り替えたらどうだ？　もう過ぎた事なんだしさ」

「だ、だって寝起きとはいえ恥じらいを捨てたみたいな発言してたから……」

あれから少し経ち、アリスは自分の発言を後悔している。そんな感じでさっきから恥ずかしがって全く食事が進んでいなかった。

「まあ、でも、正直朝のあれを恥ずかしいと思うよりも、夜中のあっちの方が恥ずかしいと思うけどな……」

「それは言わないでよ……初めてだから、色々と頑張ろうと思ったの……」

アリスは顔を真っ赤にしてそう言ったので、その話題について触れないでおく事にした。

ようやく落ち着いてきたアリスは食事に手を出し、注文した料理を時間をかけて食べ終えた。

「アリス、これからどうする？　今日と明日は仕事も休みだし、このホテルには家族もいるけど、リベルトさん達と過ごすか？」

「ううん。アキトと結婚したばっかりなのに、家族は優先しないよ。あっ、でも、アキトが家族と会いたいなら別に大丈夫だよ？」

「いや、アリスが良いなら俺もアリスと一緒に過ごすよ。でもどこが良いかな……今のこの別荘地には、人が沢山来てるからな」

普段は予約しても全部屋が埋まらないようにしてるため、こんなに人が多いのは今回が初めてだろう。そのため、レストランもかなり人が多いし、窓の外に見える海でも沢山の人が遊んでる姿が見える。

「あら、ご主人様にアリスちゃん。まだレストランで食事をしていたの？」

今日はどう過ごそうか考えていると、クロネがレオンとレオーネと一緒に近づいてきた。

「さっき起きたばかりだからな。それよりも、クロネ達は今から海に遊びに行くのか？」

「ええ。久しぶりの休暇だから楽しもうと思ってね」

「主も来る？」

「ううん。もう少しゆっくりするつもりだから、レオーネはクロネ達と楽しんでくると良いよ」

そう言うと、レオーネは「遊びたくなったら、いつでも来てくださいね！」と言ってクロネとレオンの手を引っ張って去っていった。

「ねえ、アキトは子供は早く欲しい？」

「う〜ん……まあ、欲しくないと言えば嘘になるけど、暫くはアリスと二人ってのも悪くないとも思ってるよ。逆に早くに作って、爺ちゃん達みたいに隠居生活を二人で送るってのもありだけど」

「リオンさん達の生活は私も良いと思っちゃうけど、多分アキトにはあの生活は無理だと思うよ？　だって、何だかんだ子供や孫から頼られたら、絶対に力を貸しそうだもん」

アリスにそう言われた俺は、ふと自分がどういう行動を起こすか考えてみたが、言われた通り子供達から頼られたら絶対に動きそうだなと自分でも思った。

「まあ、隠居生活はできたらするという考えで、結局のところは子供はやっぱり欲しいね」

「うん。そうだよね……って事は、夜は頑張らないとだね」

アリスは恥ずかしそうにそう言い、俺はそんなアリスに「恥ずかしがるなら、口に出さなきゃいいのに」と笑いながら言った。


その後、特に予定も決められず、食事を終えた俺とアリスは泊まってる部屋に戻ってきた。

「こういう風に二人で休みを満喫するって事もなかったから、何だか新鮮だな……」

「そうだね。休みの日はデートとかしてたから、こんな風に二人でまったり過ごすって事してこなかったよね」

部屋に戻ってきた俺達は、特にする事は思い浮かばず、部屋の寛ぎスペースで二人でだら～んと過ごしていた。

本来であれば結婚したら、あれこれとしたくなるだろうけど、俺達の場合は婚約期間も長く、一緒に暮らしていた時間も長いので、二人でやりたい事が少ないのかもしれない。

そんな感じで結婚式のために休日にした日を過ごし、俺達は国へと帰り、日常へと戻ったのだった。

◇　◇　◇

「それじゃ、二日間だらだら過ごしてたの？」

「ああ。今までやりたい事を無理に見つけて動いていたけど、折角の別荘地で無理に見つけるより、今まで逆にしてこなかった、二人でだらだらした生活をしてみようってなってな。最初は何かしようかなって考えていたけど、途中からその生活にも慣れてたな」

「へ〜、まあでも、そんな生活も良いとは思うわよ。ご主人様の場合、いつもバタバタと動いてたりするから、結婚したからって変な行動しそうだなって心配に思ってたのよね」

「正直、クロネの言葉通り色々と考えようとしたけど、これからは、よりアリスと一緒に考えて生活をしようと思ってな、無理に探すのをやめたんだ。そのおかげで、何だかんだ十分満喫できる二日間を過ごせたよ」

そう言うと、クロネは「それなら、良かったんじゃない」と言ってこの話は終わり、仕事に取りかかった。

「……それで、アリスちゃんとやった感想はどう？」

昼頃、仕事に一旦区切りをつけて休憩時間にすると、いつもならすぐに休憩をしに外に出るクロネがそんな事を聞いてきた。

「何だよ。感想はどう？　って」

「そのまんまの意味よ。ご主人様の事はずっと見てきて知ってるのよ。アリスちゃんが初めての相手だって事で、私やレオンは心配してたのよ。ご主人様、上手くできるのかなって」

「いらん心配すんじゃねえよ……普通にしたよ」

くだらない心配をするクロネにそう言うと、クロネはニヤニヤと笑みを浮かべた。

「ご主人様も恥ずかしがる事あるのね。顔が赤いわよ？」

「……お仕置き、何にしようかな」

俺がボソッと呟くと、クロネの体がビクッと反応した。長年俺の奴隷として生活をしてきたクロネは、俺が与えるお仕置きのきつさを身をもって経験してるのだ。

「あれ～、クロネ。顔が引き攣《つ》ってるけど何かあったのか？」

「す、すいませんでしたッ！」

俺がニヤニヤと笑みを浮かべて聞くと、クロネはバッと頭を下げて謝罪をした。

「別にお仕置きなんてしないっての。お前、自分はからかう癖に耐性なさすぎだろ」

「し、仕方ないでしょ……散々ご主人様のお仕置きに苦しめられたんだから……今みたいにボソッと言ったら、レオンも私と同じようになるわよ」

「へ～、それは面白そうだな。今度やってみるか」

クロネから良い事を聞いた俺は、今度レオンが来た時にでもやってみようと考える。クロネはホッと安心していた。

「それで、これは単純に聞きたいんだけど、ご主人様達はいつ頃子供を作る予定なの？」

「んっ？　まあ、予定は決めてないぞ。別に俺は王族ではあるけど、王家とは別だから、すぐに子供がいるってわけでもないからな。アリスも『子供欲しい？』って聞いてきたけど、すぐに欲しいわけでもないからな」

「へ～、意外。ご主人様って結構子供が好きなイメージだから早く欲しいのかと思ってたわ」

「俺ってそんなイメージがついてたのか？　まあでも子供は別に嫌いではないかな？　暫くは、アリスと二人だけの生活も楽しみたいし」

クロネは「確かに子供ができる前が、二人での時間があったわね」と言った。

「そうだろ？　まあ、早くに子供ができても良いから、その辺は臨機応変に対応しようかなと思ってるよ」

その後、お昼休憩が終わる前に昼飯を食べて仕事を再開した。

仕事を終えて帰宅した俺を、先にリビングで待っていたアリスが出迎えてくれた。

アリスの唇にキスをして「ただいま」を言うと、アリスは顔を赤くした。

「大胆になりすぎだよ……」

「家の中だしな。それに結婚したんだから良いでしょ？　今まで我慢してきたんだからさ」

「あう……」

俺が顔を近づけて言うと、アリスは顔を真っ赤して恥ずかしそうにした。それから夕食ができるまでの間、俺はアリスを後ろから抱きしめていた。

「アキト、もしかして、ずっとこんな風にしたいと思ってたの？　そうは見えなかったけど」

「勿論。結婚するまで手は出しちゃ駄目だったけど、結婚したらいいって言われてたからね。我慢してる姿をアリスに見せたら怖がらせるかと思って平常心を心掛けてたんだ」

そう伝えると、アリスは「そうだったんだ……アキトも私と一緒だね」とニコッと笑みを浮かべて言った。

「本当はね。私もアキトとキスとかしてみたいなってずっと思ってたんだ。でもさ、はしたないと思われたら嫌だと思って我慢してたの。私とアキト、似た者同士だね」

「ハハッ、確かにな」

俺達は、意外な所で似ていた事を知り、互いの顔を見合って笑った。

それから「この後、一緒にお風呂に入らないか？」と聞くと、アリスは恥ずかしそうにしていたが首を縦に動かし、了承してくれた。

「あ～あ、明日が休みだったら夜更かしもできたのにな……」

「ふふっ、それは今度の休みの日まで我慢だね」

俺の言葉にアリスはそう笑い、俺もアリスの笑いにつられ一緒に笑った。

そうして隠していた本音も互いに伝え合った事で、より一層愛は深まったのだった。

第21話　愛

結婚式を挙げてから、五年の月日が流れた。

俺は将軍職を務め続けており、とはいえ争い事はないので、仕事は忙しくなく平穏な暮らしをしている。

兄さんは、王子だった頃に比べてカリスマ性が増し、民から好かれる良き王になった。新王エリクの名はすぐに各国に知れ渡った。有能な王である兄を、人は〝賢王《けんおう》〟と呼んでいる。

◇　◇　◇

「お父様、行きますよ！」

「おう。いつでもこい！」

そして五年の月日は、新たな家族が誕生するには十分だった。

俺とアリスは結婚後、互いを愛する気持ちがより増した。遅くても良いと思っていた子供だったが、結婚してから半年もしないうちに、アリスの妊娠がわかった。そうして、やがて可愛い女の子と男の子の双子が生まれた。

女の子にはアイラ、男の子にはアキラと名づけた。流石にエルフの血はほぼ薄まっていて、普通のヒューマン族だった。

「今のは中々、良い動きだったぞ、アキラ！」

「ありがとうございます、お父様。ですが、まだ終わりじゃありませんよ！」

しかし純粋なヒューマン族とは違い、俺という世界の中でも強者の子として生まれた我が子はかなり強かった。

その主因は、やはり加護だろうな。

俺とアリスは結婚時、神々から〝神々の加護〟を授かった。

その加護は俺らの子にも与えると言われていたが、生まれてきた子供達のステータスを見ると、本当に〝神々の加護〟が付与されていた。

また、俺の持つ固有能力のうちいくつかを子供達は継承していた。これに関しては、生まれた子に継がれる事があると学園で習っていたのでそこまで驚きはしなかったが、二人ともに【超成長】を持っていたから、生まれた時点で強くなるだろうなとは思っていた。

「お父様、次は私の番です！」

まあ、その俺の考えは当たり、五歳になってない双子だが、既に相当の強さだ。

俺の魔法・武術、両方の才能すらも受け継いだ双子は、伸び伸びと成長をしていて、今では俺の訓練相手となるほどまでに成長していた。


「アキト、アキラ、アイラ、そろそろお昼にしましょう」

「「「は～い」」」

五年の歳月は、可愛かったアリスを美しい女性へと変えた。

「どうしたのアキト？　何か顔についてる？」

「いや、アリスは綺麗になったな、って思っただけだよ」

「もうっ、アキトったら子供達がいるのよ？」

アリスは俺の言葉に笑いながらそう言った。

子供達は「あ～、また二人だけで楽しんでる！」と言って、アキラはアリスの膝の上に乗り、アイラは俺の膝の上に座った。

今日は家族だけで、領地のピクニックができる草原へと来ている。

普段は仕事漬けの毎日だが、こうしてたまに子供達とアリスを連れて一緒に過ごす時間を俺は大切にしている。

「リオンお爺様に聞いたんですけど、お父様は竜王様とも戦った事があるんですか？」

「何だ、また爺ちゃんから俺の昔の事を聞いたのか？」

「はい。お父様は今もお強いですけど、全盛期はもっと強かったとリオンお爺様にお聞きしました」

爺ちゃんは俺に子供が生まれ、この子達の才能を見ると「たまにでよいから、魔法を教えてもいいか？」と二人の魔法の師になりたいと申し出てくれた。

二人の才能は腐らせるには勿体ないと思ったし、爺ちゃんなら任せられると思って、魔法に関して二人の事は爺ちゃんに任せてる。

なので、爺ちゃんと話す機会が多いアイラとアキラは、よく爺ちゃんから俺の昔の話を聞かされてるみたいだ。

「その話は本当だよ。アキトの全盛期と言っても過言じゃないよね？」

「まあ、確かにそれは合ってるな」

「えっ、それじゃ今よりももっと強かったんですか？」

「う〜ん……強さで言うと今の方が強いとは思うけど、戦いに関して勝ちに拘《こだわ》ってたのはあの頃が最後だな……」

領地経営や将軍職をやる事になって、どんどん戦いに対する気持ちは薄れていった。

それでも体は動かしておかないと、いざという時に動けなかったら嫌だから、訓練だけは続けている。

「お父様、これは僕とアイラからのお願いなんですが、僕達が大人になるまでお父様は強いままでいてほしいです」

「お父様を超える。それは私とアキラの目標だからお願いします」

アイラとアキラからそう言われた俺は、「わかった。二人が成人するまでは、頑張って強いままでいるよ」と約束をした。


食事を終えたアイラとアキラは、二人で模擬試合を始めた。

アリスが話しかけてくる。

「アキト。良かったの、あんな約束をして」

「正直、最近は訓練のモチベーションが下がっていたんだよね。強さを維持するにしても、ここ数年間は世界情勢も安定していて敵も現れてないから、やる気が下がり気味だったんだ。でも、子供達からあんな風に言われたら頑張るしかないでしょ？」

「ふふっ、二人に負けないように頑張らないとね」

そうして楽しいピクニックを終えた俺達は帰宅したのだった。

◇　◇　◇

翌日、仕事のために王城に出勤した俺は、仕事部屋に入る。中には、既に一人の女性が仕事の準備をしていた。

「あっ、アキト様！　おはようございます！」

「おはよう。レオーネ、今日も早いな」

レオーネは最近、母であるクロネの仕事を手伝うため、俺の秘書代理として働くようになった。

クロネほどまだ色々とできないが、それでも仕事を覚えようと努力はしていて、少しずつだが慣れてきている。

「クロネはどこか行ってるのか？」

「それが、先ほどまで弟が愚図《ぐず》っていて、泣きやますから遅れるみたいです」

「そうなのか、わかった」

クロネは一昨年、妊娠がわかり、男の子を新たに家族に迎え入れた。それにもかかわらずクロネは早々に仕事に復帰して、代わりにレオンが育児休暇を取って子供の世話をしているのだが、やはりレオン一人では厳しいらしい。

そんなわけで、たまにクロネも育児の手伝いで、仕事に遅れる事がある。

俺は別にそれは気にしておらず、逆にクロネに休んでも良いんだぞと言ったのだが「働きながらで良いわ」と言って、育児休暇を自ら断っている。

「我慢せず育児休暇を取ればいいのにな……」

「お母さん、何だかんだ秘書の仕事を楽しんでるから、仕事は休みたくないんだと思います。アキト様には文句を言ってますけど、家では『仕事が楽しい』とよく言ってますし」

「そうなのか。まあ、レオーネはクロネの事をよく見てると思うから、無理してるなって感じたらすぐに言ってくれよ？　その時は何が何でも休ませるから」

「はい。その時はお願いします」

その後、仕事を始めて一時間ほど経った頃にクロネはやって来て、俺に謝罪をしてから仕事に取りかかった。

「アイラちゃんとアキラ君、大分成長したみたいだね」

「まあね。元気があり余ってるから、そろそろ迷宮にでも行かせようかなと思ってるよ」

「ふふっ、危険だなって普通は思うけど、アキトの子供達なら平気だろうなって謎の安心感があるね」

お昼は最近の日課となっている兄さんと一緒に食事をしながら、互いの家庭について話した。

「そういえば、姉さんって最近王城に帰ってきてないよね」

「まあ、アミリスも自分の家族ができたから、そっちで忙しいんだと思うよ。前までは休みの日は帰ってこられてたけど、今は家族の事が大事なんだと思う」

アミリス姉さんはこの五年間の間に、良い出会いをして結婚をした。そして結婚から半年後に妊娠がわかった。

「何だかんだ子供全員が結婚して子供ができて、父さん達も喜んでたよね。僕としては、まさかアミリスが結婚するとは思ってなかったから、あの報告が来た時は驚いたな……」

「それは俺も同じだよ。姉さんって、昔はそんなんではなかったけど、成人してから、爺ちゃんに似たのか、自由に生きるって性格になってたもんね」

「ああ。どうなるのかなって心配に思ってたけど、そんな必要はなかったよね」

兄さんは、「姉さんがこれから先どうなるのか」とよく心配事を言っていた。俺としては、姉さんの性格だから出会いさえあれば結婚するだろうなとは思ってたから、兄さんほど姉さんの心配はしてなかった。

「今度、兄弟の家族を集めてちょっとしたパーティーをしても良さそうだよね。アミリスの子供も、もう大きくなってきたし」

「それはいいかもね。場所なら俺が用意できるから、日程さえ合えばって感じだね」

そんな話で俺と兄さんは盛り上がり、昼食後は仕事に戻り、その日も早めに終わらせて帰宅した。

帰宅すると、アリスは今日は仕事が休みだったらしく、アイラ、アキラと一緒に夕飯を作って待っていてくれた。

「家族の手料理をこうして食べられる俺って幸せ者だな……」

俺はそう言いながら、両手でアイラ、アキラの頭を撫でてやると、二人は嬉しそうに笑った。

「アキト。私にはないの？」

「あっ、お母様が嫉妬してる！」

「お母様、可愛い〜」

子供達を撫でていると、部下達と一緒に料理を運んでいたアリスがいつの間にか近くに立っていて、ムスッとした表情をしていた。

そしてアリスは俺の頬にキスをした。

「「わ〜」」

咄嗟《とっさ》にアイラとアキラは目を手で覆ったが、隙間から見えてたみたいだ。

「子供達が見てるのに大胆だな」

「私だけなしは嫌だもの。それに、アイラ、アキラもお母さんとお父さんが仲良くしてる方が良いでしょ？」

「「うん！」」

「ほらねっ」

子供達は元気良く返事をし、アリスは笑みを浮かべていた。

「全く、昔はもっと恥じらいがあったのにな……まあ、今のアリスも好きだけどね」

俺はそう言って、今度は俺からアリスの唇にキスをやり返す。

アリスは顔を少しだけ赤くした。

「あっ、お母様の顔が赤くなった！」

「お母様、照れてる～。可愛い～！」

「も、もうアキトのバカ！」

「先にしたのはアリスだろ～？」

可愛らしく怒るアリスにそう言い返し……そんな風に、俺は家族と楽しい時間を過ごしていた。


異世界に転生して二十年と少し。

色んな事があったが、こんな最高の家族に恵まれて、俺は本当に愛されてるなと感じる。

これからもずっとこんな生活が続けばいいなと。

楽しそうに笑う家族を見て、俺はそう思ったのだった。

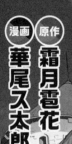

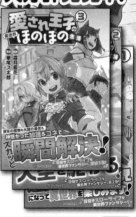

大人気小説、待望のコミカライズ！
初期スキルが便利すぎて異世界生活が楽しすぎる！
①〜②
原作▼霜月雹花
漫画▼サマハラ
神からもらった初期スキルは超万能!?
超お人好し少年が異世界で人助け！
神様のイタズラで命を失い、転生することとなった高校生・四宮《しのみや》 楽《らく》。銀髪の少年・ラルクとして異世界で生まれ変わり、お詫びにもらった超便利な初期スキルで順風満帆な第二の人生と思いきや――。実家追放から始まった悲惨な異世界ライフ。けれどもラルクは万能初期スキルで、人助けをしながら異世界生活を満喫することに！
シリーズ累計
17万部!!
（電子含む）
好評発売中！
●B6判 ●各定価：748円（10%税込）
Webにて好評連載中！
アルファポリス 漫画
検索

The Record by an Old Guy in the World of Virtual Reality Massively Multiplayer Online
とあるおっさんのVRMMO活動記
1〜27
椎名ほわほわ
Shiina Howahowa
アルファポリス第6回ファンタジー小説大賞読者賞受賞作!!
累計150万部突破の大人気作
(電子含む)
TVアニメ
2023年10月放送開始！
CV
アース：石川界人
田中大地：浪川大輔
フェアリークィーン：上田麗奈
ツヴァイ：畠中祐 ／ ミリー：岡咲美保
監督:中澤勇一 アニメーション制作:MAHO FILM
超自由度を誇る新型VRMMO「ワンモア・フリーライフ・オンライン」の世界にログインした、フツーのゲーム好き会社員・田中大地。モンスター退治に全力で挑むもよし、気ままに冒険するもよしのその世界で彼が選んだのは、使えないと評判のスキルを究める地味プレイだった！——冴えないおっさん、VRMMOファンタジーで今日も我が道を行く！
とあるおっさんのVRMMO活動記
椎名ほわほわ
現実じゃ冴えない会社員でもVRMMOの中では名うてのスキル職人!?
ネットで人気爆発!
●各定価：1320円（10%税込）
●illustration：ヤマーダ
1〜27巻好評発売中!!
とあるおっさんのVRMMO活動記
1
現実じゃ冴えないおっさんが料理生産から冒険までVRMMOで大活躍!!
漫画：六堂秀哉
●各定価：748円（10%税込）●B6判
コミックス1〜10巻好評発売中!!

没落した貴族家に拾われたので
恩返しで
復興させます
六山葵
Aoi Rokuyama
魔法の才で偉くなって
没落した実家を立て直そう!
悪魔にも愛されちゃう
少年の王道魔法ファンタジー!
あくどい貴族に騙され没落した家に拾われた、元捨て子の少年レオン。彼の特技は誰よりもずば抜けた魔法だ。たまに夢に見る不思議な赤い本が力を与えているらしい。才能を活かして魔法使いとなり実家を立て直すため、レオンは魔法学院に入学。素材集めの実習や友人の使い魔(猫)捜し、寮対抗の魔法祭……実力を発揮して、学院生活を楽しく充実させていく。そんな中、何かと絡んできていた王国の第二王子がきっかけで、レオンの出自と彼が見る夢、そして魔法界の伝説にまつわる大事件が発生して——!?
◎定価:1320円(10%税込)　◎ISBN 978-4-434-32187-0　◎illustration:福きつね
没落した貴族家に拾われたので
恩返しで
復興させます
六山葵
魔法の才で偉くなって
家はボロ小屋
風呂も洗濯も川の水
没落した実家を立て直そう!

勇者召喚に巻き込まれて死んでしまったワタルは、転生前にしか使えないはずの特典「チュートリアルスキル」を持ったまま、8歳の少年として転生することになった。そうして彼はチュートリアルスキルの数々を使い、前世の飼い犬・コテツを召喚したり、スライムたちをテイムしまくって癒しのお店「ぽよんぽよんリラックス」を開店したり——気ままな異世界生活を始めるのだった!?

●定価:1320円(10%税込) ●ISBN 978-4-434-32194-8
●Illustration:もちつき うさ

sarawareta tensei ouji ha shitamachi de slow life wo mankitsuchu!?
攫われた転生王子は下町でスローライフを満喫中!?
伽羅 kyara
1・2
発明好きな少年の正体は——
王宮から消えた第一王子?
前世の知識で大改革しながら
のびのび下町ライフ!
アルファポリス 第2回 次世代ファンタジーカップ スローライフ賞 受賞作!!
生まれて間もない王子アルベールは、ある日気がつくと川に流されていた。危うく溺れかけたところを下町に暮らす元冒険者夫婦に助けられ、そのまま育てられることに。優しい両親に可愛がられ、アルベールは下町でのんびり暮らしていくことを決意する。ところが……王宮では姿を消した第一王子を捜し、大混乱に陥っていた！　そんなことは露知らず、アルベールはよみがえった前世の記憶を頼りに自由気ままに料理やゲームを次々発明。あっという間に神童扱いされ、下町がみるみる発展してしまい——発明好きな転生王子のお忍び下町ライフ、開幕!
攫われた転生王子は下町でスローライフを満喫中!? 2
伽羅
お忍び留学でライバル王子と交流!?
正体ばれたくないのに魔獣召喚能力の発現で大騒ぎ!
◉各定価：1320円（10%税込）　◉illustration：キッカイキ

この作品に対する皆様のご意見・ご感想をお待ちしております。

おハガキ・お手紙は以下の宛先にお送りください。

【宛先】

〒150-6008 東京都渋谷区恵比寿 4-20-3 恵比寿ガーデンプレイスタワー 8F
（株）アルファポリス　書籍感想係

メールフォームでのご意見・ご感想は右のＱＲコードから、
あるいは以下のワードで検索をかけてください。

アルファポリス　書籍の感想　検索

ご感想はこちらから

本書は Web サイト「アルファポリス」（https://www.alphapolis.co.jp/）に投稿されたものを、改題、改稿、加筆のうえ、書籍化したものです。

愛《あい》され王子《おうじ》の異世界《いせかい》ほのぼの生活《せいかつ》5
顔《かお》良《よ》し、才能《さいのう》あり、王族《おうぞく》生《う》まれ。ガチャで全部《ぜんぶ》そろって異世界《いせかい》へ

霜月雹花（しもつきひょうか）

2023年6月30日初版発行

編集－田中森意・芦田尚
編集長－太田鉄平
発行者－梶本雄介
発行所－株式会社アルファポリス
〒150-6008 東京都渋谷区恵比寿4-20-3 恵比寿ガーデンプレイスタワー8F
TEL 03-6277-1601（営業） 03-6277-1602（編集）
URL https://www.alphapolis.co.jp/
発売元－株式会社星雲社（共同出版社・流通責任出版社）
〒112-0005 東京都文京区水道1-3-30
TEL 03-3868-3275
装丁・本文イラスト－れんた
装丁デザイン－AFTERGLOW
印刷－中央精版印刷株式会社

価格はカバーに表示されてあります。

落丁乱丁の場合はアルファポリスまでご連絡ください。

送料は小社負担でお取り替えします。


ISBN978-4-434-32189-4 C0093